光文社文庫

凜《りん》の弦《つる》音《ね》

我孫子武丸

光　文　社

本書を書くきっかけと、多くの助言とモチベーションをくれた妻に

目次

弓道場の見取図

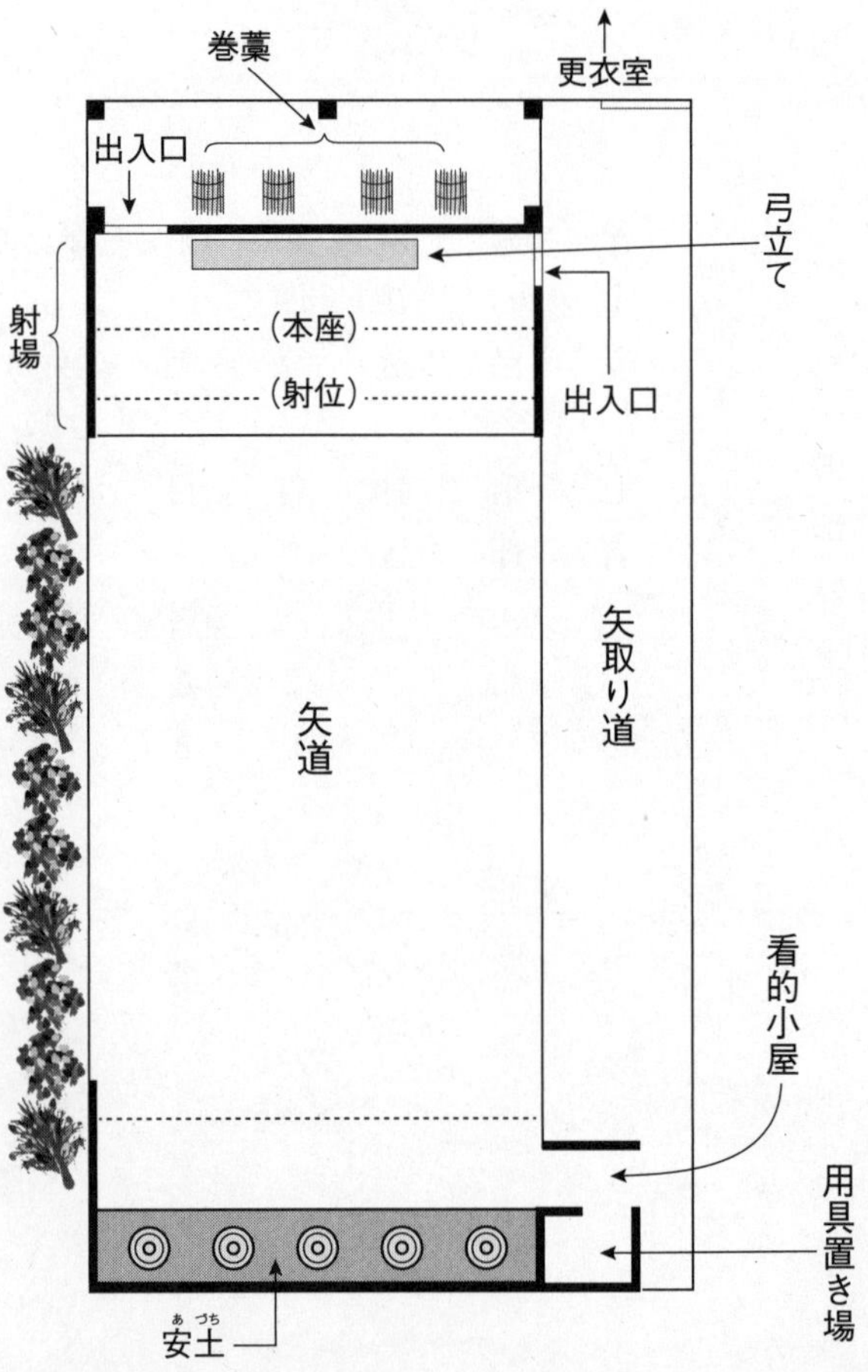

巻藁
更衣室
出入口
弓立て
射場
（本座）
（射位）
出入口
植え込み
矢道
矢取り道
看的小屋
用具置き場
安土《あづち》

第一話　甲矢《はや》と乙矢《おとや》

1

凛《りん》は、呼吸のリズムを意識しながらしっかりと顔向《かおむ》けを行ない、二十八メートル先の的《まと》を睨《にら》みつけた。

九月も後半だというのに真夏のような暑さだ。さっき射場《しやじよう》に入る前にタオルで拭《ぬぐ》ったばかりの汗がもう、額から背中から流れていたが、的を向いた瞬間からきれいさっぱり忘れていた。近くでやっているマンション工事の騒音も、もう気にならない。

『的ではなく、もっと遠くを見なさい。もっともっと遠くまで、射抜くつもりで』

何度も先生に言われた言葉を思い出すが、いまだその意味はよく分からない。しかし分からないなりに、実践しようと足掻《あが》いてはいる。的の置かれた安土《あづち》の向こうにアフリカみたいな大草原が拡がっていて、自分はそこに向かって矢を放つのだと想像することにしていた。

息を吸いながら大きく打《う》ち起《お》こす。大きく、大きく、上に伸びあがる。そこで息を吐き、再び吸いながら大三《だいさん》（引《ひ》き分《わ》けの途中の段階）。一つ一つの動作を丁寧に。息を吐いて、みたび吸いながら大きく引き分ける。未経験者の誰もが誤解し、そして初心者の多くが実践できないのが、弓は〝引く〟のではなくむしろ〝押す〟ものであるということだ。基本的な射法の心得をまとめた『射法訓』には「弓手《ゆんで》三分の二　弦《つる》を推し　妻手《めて》三分の一　弓を引き」と若干謎めいた言い回しで〝押す〟ことの重要性が説かれている。凜も当然、常にそのことを意識してはいるが、分かっていてもできないことがしばしばだ。今回はうまく〝押せた〟――ような気がする。

一杯に引き分けた状態――〝会《かい》〟の姿勢のまま、少しずつ息を吐いていく。いつもの部活や試合ならすぐに放すところだが（先生には〝早気《はやけ》〟と注意される）、少しでも長く保つよう努力する。強さ十四キロのカーボン弓は、高一女子がその姿勢を長く保つには結構きつい。この三年間ずっと鍛えてはいるものの、凜の腕はすぐに小刻みに震え始める。

弓道の的付け《まとづけ》（狙い）は、両目を開けたまま、弓を透かすように的を見ることになる。左目は直接的を見ているが、右目は握りの上、籐《とう》の巻かれた部分に邪魔されている状態だ。凜は〝半月《はんげつ》〟（右目では的の左半分しか見えていない状態）と決めている。

息を吐ききると同時に〝離れ〟た。〝放す〟のではなく〝離れ〟るのが理想だが、これまでになくいい〝離《はな》れ〟だったとその瞬間に感じた。

その感触通り、甲矢《はや》は真っ直《す》ぐに的に向かって飛んでいき、パァンと気持ちのよい音を立てて、ど真ん中の的心《てきしん》に突き立った。久しぶりの手応《てごた》えにじいんとしたが、快哉《かいさい》をあげるのは内心だけに留め、残身《ざんしん》、弓倒《ゆだお》しも気を抜かない。

これなら行けるかもしれない、と思った。

跪坐《きざ》すると、後ろの弦音《つるね》に耳を澄ませる。二人目（中《あ》てた）、三人目（外した）、次だ。後ろを見て確認できないので、今回のように〝大前《おおまえ》〟（先頭）になってしまうと弦音を聞き分けねばならない。

四人目の弦音がなかなか聞こえなくて焦った。工事の騒音や別の組の弦音に紛れて聞き逃したのかもしれない、と暑さによるものとは違う汗が出てきた頃、びよん、という濁った弦音がしたので、急いで弓を立て、乙矢《おとや》を番《つが》える。今のがもし大後《おおち》の弦音だったら、もう立っていないといけないタイミングだ。すぐに立とうかどうしようかと迷っていると、五人目の弦音が聞こえてほっとする。聞き逃したわけではなく、ちょっともたついただけだったのだ。

焦るな。焦るな。

他の四人で中《あ》てたのは一人だけ。大丈夫。試合なら、負ける気はしない。試合なら。

腰を切って立ち上がり、足踏《あしぶ》みをして、胴造《どうづく》り、弓構《ゆがま》え。頭の中では常に射法八節を唱えながらの動作だ。

打ち起こしから大三。

甲矢《はや》とまったく同じようにやったはずなのに、大三の時点で違和感があった。何か間違っていることは分かるのだが、何が間違っているのかは分からない。打ち起こしが不充分だったか、押し手《おして》（左手）か、それとも勝手《かって》（右手）か、どこかの十文字のバランスが崩れているのか。何《なん》にしろ後戻りはできない。

力任せに引き分けた――と、次の瞬間、矢は離れていた。先ほどと同様真っ直ぐに矢は飛んでいったが、的一つ分上に外れて安土に刺さった。

弓倒しをして退場する凜は、自分の顔から血の気が引いていることを知っていた。残身にまったく注意を払わなかった、と気づいたのは射場を出てからだった。

「そうですか。それは残念でした」

凜が棚橋《たなはし》先生の自宅を訪れ、不合格だったことと射の内容を伝えると、先生は予想通りの答を返してきた。

「甲矢は、自分でも悪くないと思ったんですけどね。筆記はもちろん書けるだけ書きましたし」

原因は分かっているのに、つい言ってしまった。落ちた理由が筆記でないことももちろんお互い知っている。

夫婦で弓道をしていた先生の自宅には二人立ちの小さな道場が作られていて、凜も何度も使わせてもらっているが、先生の自室にまで入ったのは初めてだ。ヘルパーらしき女性に案内されたのは射場のすぐそばの和室で、丸くりぬかれた飾り窓の障子を開ければ、的が見えそうな位置にあった。誰が練習に来ても、先生はきっとここでその弦音を聞いているのだろう、と凜は思い、嬉しいような哀しいような気持ちになった。

袴《はかま》ではないが、相変わらずの和装でしゃきっと正座している姿からは、体調の衰えなどまったく感じられない。それとも、人前だからと気を張っているだけなのだろうか？紫外線対策か、最近は色つきの眼鏡をしていることが多く、表情は読みとりにくい。

「片矢《かたや》（二射一中）でも合格する人は合格しますし、束中《そくちゅう》（二射二中）でも落とされる人はいます。前にも言ったでしょう。それにそもそも、高一で参段を受けられること自体なかなかないのですから。あなたの最高の射ができてたとしても、なかなか認めてはもらえなかったかもしれませんよ」

凜は中二の春に初段、三年の春には弐段に合格した。棚橋先生の知る限り最速の弐段ということで、もしかすると中学生で参段という快挙もありうるかも、と期待された。しかし、それから卒業まで、棚橋先生からは次の審査を受けてもよいという許可は下りなかった。

そして凜の中学卒業とほぼ同時に、棚橋先生は年齢と体調を理由に、あらゆる指導から引退してしまった。

中高一貫の私学でそのまま高校へ進んだ凜だったが、そうすぐには新しい指導者は見つからず、弓道部は大人の有段者不在の状態での活動を余儀なくされた。顧問は有段どころか弓を引いたこともない男性教師で、ただ部費と安全管理のことだけ注意している。日々の指導は先輩頼りだ。

そもそも学生弓道は、基本、試合に勝つことを目的にしているため、初段か、せいぜい弐段を取ることはあっても、さらに上を目指す生徒自体少ない。そして審査を受けたところで、普段の〝中《あ》て射〟になってしまっては〝射品がない〟と判断され、束中したところで容赦なく落とされる。また、大人なら合格するような射だったとしても、高一のそれも女子の射となれば偏見を持って見られても仕方ありません、とあらかじめ先生には釘を刺されていた。簡単に受かるものではないし、落ちたところで恥じる必要はないという意味だったようなのだが、理不尽な話だとも思った。年がいくつかとか、男か女かとか関係ない話じゃないか、と。

「甲矢《はや》は、久々に会心の射、って感じだったんですよ。乙矢《おとや》は確かによくなかったとは思いますけど……」

言い訳や愚痴《ぐち》など言うまいと思っていても、悔しさのあまりそんな言葉があふれ出てきてしまう。

先生は穏やかな笑みを浮かべたまま、諭すように言った。

「参段にふさわしい射になっていたら、今日駄目だったとしてもいずれ必ず合格します。次でもその次でも。身体だって、あなたならまだ成長するでしょう。焦る必要はありません」

分かっている。同じ部のみんなにも、「凜は今のままで中《あ》たってるんだからそれでいいでしょ」「参段なんていらないじゃん」「かえって中たらなくなるかもよ」などとも言われたほどだ。特に段にこだわっているつもりもない。ただ、「〝中て射〟でもいい」とは思えないだけだ。

〝正射必中《せいしゃひっちゅう》〟とは弓道を学ぶものが必ず聞く言葉だ。正しい射を行えば必ず中たるが、中たる射が正しい射とは限らないという意味だ。凜は中一で弓道部に入り、当時時々外部指導をしてくれていた棚橋先生の教え通り素直に射法と礼を身につけてきた。形がよいと褒《ほ》められ、中たりもよく、試合でもいい成績が残せた。しかし、中三になって部を引っ張っていく立場になった頃からどんどんと〝早気《はやけ》〟になっていったようだ。

〝早気〟というのは、〝会〟の時間が短すぎることで、今日の凜の乙矢のようにほぼ〝会〟がないようなケースも、学生弓道では珍しくない。審査では減点対象だが、学生の試合では中たりさえすればそれでいいのだし、そしてまた困ったことに〝早気〟の方がよく中たったりもするものだから、一旦《いったん》これになると、なかなか抜け出せない。意識的に長く〝会〟を保とうと思っても、勝手に離れてしまうこともしばしばだ。〝早気〟は癖というよりも一度かかると極めて治りにくい病なのだ。甲矢《はや》の時は、一つ一つの動作を積み重ね、確認していくことでどうにかいつもの病気を抑え込めた。しかし、甲矢が会心の出来だった分、隙が生まれたのだろう。弦音を聞くことに注意を削がれ、動揺したことももちろん関係している。その結果、放すつもりなどないのに、身体がいつものタイミングで反応してしまったのだ。そしてそのこと自体にさらに動揺して、残身もとったかとってないのか自分でも思い出せないようなありさまだ。

凜は高一になってすぐ自分の判断で参段を初めて受けたが、そのときは〝早気〟を気にする余りか二射とも的を外し、当然ながら落ちた。やはり棚橋先生がいないと駄目だ。そう思い、個人的に相談に来たところ、指導はしてあげられないが、週に一回程度なら自宅の道場を使ってもいいという許可をもらえたのだ。いつもと違う雰囲気で弓を引けるだけでもありがたく、それ以来毎週土曜の午後、凜は棚橋先生の道場で二十射ほど引かせてもらうのが常となったが、先生はいつも道場には来ず、凜はただ黙々と引いて帰るだけだった。

参段に再挑戦したいと言ったとき先生はもう止めなかったが、あまり意気込まないように、というアドバイスをくれただけだった。そして結果は、この通りだ。

「わたし、どうしたらいいんでしょうか。先生が……先生がいないと、どうしていいのか分からないんです」

これまで言うまいとしていた言葉が思わず漏れ、それと同時に目頭が熱くなった。

「本当に篠崎《しのざき》さんには申し訳なく思っています。わたしが高校卒業まで……いえ、ずっと見てあげたかった。何とかいい先生を捜してもらってはいるんですけど、お忙しい方が多くてね……でも、焦る必要なんかない、と言ったでしょう。篠崎さんは着実に成長してる。前に受けた審査の時、二本とも外したんでしょう？　今回は一本は中たった。射自体は合格に足りないものだったとしても、前より落ち着いてできたんじゃなくて？」

「それはまあそうですけど……」

そうじゃない。審査のことだけじゃないんです、と言いたかったが、うまく言葉にできなかった。

「根気よく続けてさえいれば、参段どころか、五段だって錬士だって、いずれなれます。わたしなんかよりずっと早くね」

「そんな……」

そんなこと、とても想像ができない。以前聞いた話では、先生は高校の時には国体へ行き、その後弓道が縁で弓道好きの男性と結婚したものだから結婚、出産後も弓道を長く続けることができたのだという。しかしそんな先生でも、錬士になれたのは四十を越えてから、教士になったのは五十五だったとか。そんな長いスパンの話を今されても、十六歳の凛にはどうにもぴんと来ない。今、参段になるにはどうすればいいのか、何を直せばいいのか、それを教えて欲しいのに。先生の言葉をひたすら素直に愚直に聞いてここまで来た凛にとって、それがない今の状態は、ただ暗闇を進んでいるようで、不安で不安で仕方ないのだった。

「少し引いて帰りますか？　今日は構いませんよ」

「――いえ、今日はご報告だけで。また土曜日にお願いします」

本当はそう言ってもらえることを少し期待はしていたのだが、何一つ具体的な課題、方針が立たない中、闇雲に数ばかり引いても仕方がない。今日は巻藁《まきわら》（型稽古用の的）を含めても四射しかしていないが、筆記試験、待ち時間を含めれば一日がかりで疲れてもいる。早めに夕食を食べて寝てしまいたい気持ちもあった。

有段者向けの教本を一冊借りて、自宅への帰路についた。歩くと二十分近い距離だが、弓と矢筒《やづつ》とリュックサックを背負っては、疲れた身体にはなかなか辛《つら》い。気分も上々にはほど遠く、足取りはますます重くなるばかりだった。

2

月曜日、部活ではただ黙々とメニューをこなすだけだった。〝早気〟にならないよう、ただそれだけを気にしていたが、治る様子もない上に半矢（五割）を大きく下回るありさまだった。審査については、練習後、合格した者だけがみんなの前で報告して拍手を受け、落ちた者は何も言わないのが慣例だったが、結果はもちろん全員が分かっている。

「一中したんだって？　受かる人もいるって聞いたけど」

最後の礼を終えると、中学からずっと仲の良い森口綾乃《もりぐちあやの》が、慰めるように声をかけてきた。三ヶ月前の審査で初段を取ったばかりの彼女は、まだ弐段を受ける資格がないので今回の審査には来ていなかった。

「一本はね、まあまあ。でも乙矢は最悪」

わざとさばさばとした口調で言うと、少しだが気持ちが軽くなったような気がした。

「運もあるよね。審査の先生が誰に当たるかでも全然違うって」

「らしいね」

でも昨日の射は、誰に当たっても落ちてたよ、という言葉は言わずに飲み込んだ。せっかく慰めてくれている気持ちを、受け止めたふりをしなければ悪いと思ったのだ。

「今度はもっと落ち着いてできると思う。綾乃も、次は弐段受けるでしょ？　一緒に頑張ろ」

「んー。別に弐段はもういいかなー。わたしゃ初段くらいが関の山だよ」

後半は、最近彼女の中でプチ・マイブームになっているらしい国語の山之内《やまのうち》先生の口真似《まね》だ。思わず噴き出してしまった。

二年生が終わるのを待って更衣室に入って着替え、道着、袴を畳む。最初の頃はなかなかきれいに畳めなくてもたもたしたものだが、さすがにもう慣れたもので手早く皺《しわ》にならないようにできる。

更衣室を出ると、三年生が受験で引退した今、凜以外唯一の弐段で新部長になった二年の本多陽子《ほんだようこ》が立ち塞《ふさ》がるように待っていた。百七十センチの長身で十六キロの強弓《ごうきゅう》を引く彼女は、弐段になったばかりではあるものの、的中率ではピカいちで、間違いなくこれからの翠星《すいせい》学園弓道部を引っ張っていく人材だということは、凜も認めざるをえない。ただ少し、その性格のきつさは誰もが眉《まゆ》をひそめるところで、必ずしも人望が厚いとは言えない。凜も中等部の時から知っているが、ほとんど私的な会話というものをしたことがないし、誰かと雑談しているのもあまり見たことがない。

「篠崎さん」

「はい」

自分より先に参段を受けて落ちたことで何かいやみでも言われるのかと身構えていると、思いもしない質問が飛んできた。

「あなた、棚橋先生のご自宅に通ってるの」

「え？　あ、はい。土曜日だけ」

凜が素直に答えると、部長はやれやれという様子で横を向いて舌打ちをする。

「あのね、先生は体調が悪いから辞められたの。分かってんの？　それを自宅にまで押しかけて……」

「あ、いや、別に指導を受けてるわけじゃないんです。道場を使ってもいいっておっしゃってもらえたので一人で引いてるだけで……」

「どれだけ無神経なの！」

元々何かにつけてきつい言い方をする先輩ではあったが、この時ばかりは、帰り始めている部員も立ち止まって振り返るほどの怒声《どせい》だった。凛もさすがにびくっとする。

「……無神経……ですか」

「そうでしょ。先生はね、指導も含めて弓が大好きだったの。それが引けないってことがどういうことか分かる？」

「弓が引けないほど、悪いんですか？　なんかそうは見えなくて……ちょっと悩みを聞いてもらいに行ったら、好きに使ってって言われて……」

色々と言い訳したいことはあった。元々先生の体調が心配だったこともあるし、訪ねると嬉しそうに迎えてくれて「時々弦音を聞かないと寂しいから、好きに使ってね」と言ってくれたこと、一度は辞退もしたこと……しかしそれも、やはり無神経と言われればそうなのかもと思い当たるふしがあるだけに、強く言い返す気にもなれなかった。あわよくば、ちょっとしたアドバイスをもらえるのではないかとか、学校とは違う環境で弓を引いてみたいという気も最初からあったからだ。他の部員（仲のいい綾乃にさえも）には黙って行っていたのも、少し後ろめたくはあった。しかし、自分は参段の審査を受けるのだから、それにふさわしい指導、練習があってしかるべきだという、傲慢《ごうまん》と言われても仕方のない感情もあったような気がする。自分にはその権利があるような気がしていた。

「先生は、優しいからそう言ってくれてるだけ。他のみんなまで行きたいって言い出したらどうなると思う？　とにかく、これ以上先生にご迷惑をかけないで」

何だか癪《しゃく》で、心の中がもやもやとしたが、本多先輩の言ってることの方が正論だという気がした。自分のことしか考えていなかったことが、とにかく恥ずかしかった。

「おっしゃる通りです。わたしが、無神経でした。——どうも、すみませんでしたっ！」

凜は勢いよく九十度に腰を折って頭を下げたので、ゴムで結んだ髪の束がくるりと回って自分の顔に当たるほどだった。

「わたしに謝ってもしょうがないでしょ」

凜があまりに素直に頭を下げたせいか、本多先輩はやや戸惑ったような表情で周囲に視線をやる。

「——それに、何か弓のことで悩みがあるなら、まず仲間や先輩に相談なさい。あなたより下手《へた》な人間しかいないから相談しても仕方ないと思ってるの」

「いえ、そんな……」

いや、そうだ。はっきりとではないけど、どこかでそう思っていたのだろう。凛は自分の愚かさに歯がみしたい思いだった。

「すみませんっ！」

もう一度頭を下げ、そのまま続ける。

「他のことが、何も見えなくなってました。以後気をつけます」

「分かればいいです」

それだけ言って、本多先輩はすたすたと立ち去った。その背中を見送りながら、綾乃が顔を近づけて言う。

「なーにあれ。あんなにきつく言わなくてもいいじゃんね？」

「んー……わたしもちょっと苦手だったけど、結構いい人かもね？」

凛がそう言うと、綾乃は目を剝《む》いた。

「え、何。なんでそうなんの？」

「だって、『悩み事あったら相談しなさい』って言ってくれたし」

「いやいやいやいや、そんな言い方じゃなかったよ？……じゃなかったと思うけど？」

「まあ、大体そんなんだったよ。多分」

何だかいつになくさっぱりとした気分でいることに凛は気づいた。

ずっと審査へ向けて〝早気〟を治すことを主眼にして練習していたが、次の日からはもう一度すべてを基本から見直すことにして、教本を読み直し、一つ一つの動作を初心者のように確認しながら弓を引いた。うまくいかない部分については綾乃や他の部員、これまで無意識に避けていた本多先輩のところへわざわざ行って質問してみたりもした。ひどく叱ったことなど覚えていないかのような態度で、丁寧に色々と教えてくれる。どの教本でも見たことのない、棚橋先生も教えてくれなかったような細かい技術的な説明もしてくれた。凛への説明を他の部員も近寄ってきて興味深そうに耳を傾ける。

特に目に見える成果など出なかったが、これまでより遥《はる》かに正しい道を歩んでいるような気がした。先生がいないことをいつまでも嘆いていても仕方ない。というか、たとえ先生がいたところで、自分で色々考え、たくさんの人の意見や考えも聞かないと駄目だという当たり前のことに気づかされた。

3

もう先生の道場を使わせてもらうつもりはなくなったが、挨拶《あいさつ》はした方がいいだろうし、これまでのお詫びもしなければならないだろうと思い、いつものように土曜の午後には棚橋先生の自宅へ自転車で向かった。道着ではなく普段着で、矢筒も道具も持たずに向かうのは何だか変な感じだった。

先生の家は、昔はものすごく大きな敷地の旧家だったらしく、区画整理で敷地を削られた際に、結構な額をもらったのでそのお金で残った庭に小さな道場を建てたのだという。二人立ちと狭いとはいえ、弓を射るからには最低縦三十数メートルの土地がいるわけだし、たとえお金と土地があったところで、一人のためだけではなかなか作らない。厚生省かどこかのお役人だったというご主人もずっと弓道を続けていたからこそだろう。

しかし今やそのご主人も数年前に亡くなり、子供たちは別の家庭を持っている。先生がもう弓を引けないとなると、あの道場を使う人は誰もいなくなってしまうのかと思うと、凛は胸が痛むのだった。

その道場がある側の土塀が見えてくると、何か起きているらしいことに気づいた。何台ものパトカーと、一台の救急車が止まり、細い住宅道路をほぼ塞いでしまっているのだった。的場《まとば》近くに入れる小さな通用口が開いていて人が出入りしているのも見えた。

先生に何かあったんだ。

凛は胸騒ぎを感じつつスピードを速め、数人の野次馬に後ろから突っ込みそうになってから自転車を降りた。

野次馬の後ろから背伸びして覗《のぞ》き込んでいると、通用口から救急隊員が担架を運んで出てきた。人が載せられているのは分かったが、顔のあたりまで毛布が被《かぶ》せられていて、誰なのかは分からない。すぐにその意味するところを察して、凜はさーっと全身の血の気が引くのを覚え、勝手に身体が動いていた。

「先生！」

野次馬を押しのけて駆け寄ったが、さすがに一歩手前で踏み止《とど》まった。

「どいてどいて」

少しも慌てた様子もなく救急隊員が言い、凜はよろよろと後ろへ下がった。

と、通り過ぎざま、不自然に高くなっている顔のあたりの毛布が、振動のせいか大きくずり下がった。

まず目に入ったのは、すり切れた矢羽根《やばね》だった。ジュラルミンの矢が、真っ直ぐに突き立っている。人の、喉《のど》に。矢そのものは毎日見慣れた物であるだけに、余計異様な悪夢のように思えた。

凜は息を呑んだが、悲鳴はあげなかった。恐怖と安堵《あんど》を同時に感じていた。

人が死んでいる。しかしそれは先生ではない。見知らぬ男だった。

救急隊員が男の死体を救急車に押し込むのを呆然として見ていると、後ろから肩を叩《たた》かれてびくっとした。

「君、棚橋千佐子《ちさこ》さんの知り合い？」

振り向くと、スーツの上着を脱いで腕にかけ、ワイシャツの袖をまくった小太りの男が立っていた。目の位置は凜と変わらないので、身長は百六十五前後。体重は多分倍近くはあるのではないか。年は三十前後だろうか。一見強面《こわもて》だが、団栗《どんぐり》みたいなくりくりっとした目には何だか愛嬌《あいきょう》があった。

「あ、はい。そうです。――棚橋先生は……？　何があったんですか？」

　男は凜の質問には答えず、さらに質問を重ねる。

「ここを、訪ねてきたの？」

「……はい。棚橋先生は、弓道の指導に中学に来てくださってて、あ、でもそれはもうしばらく前に辞めてしまわれて、わたしは勝手に一人でここへ来てたんですけど、でもそれももう迷惑だから……」

　説明しなければならないことが多すぎて、うまくまとめきれないでいると、男が遮《さえぎ》るように言う。

「ああはいはい。弓道の指導してたんだってね。――君、中学生？」

「いえ、今は高一です。うちは中高一貫で……」

「ごめん。聞かれたことだけ答えて。名前は？」

　いつの間にか上着をかけた手にメモ帳を持っていて、鉛筆を構えていた。

「篠崎……篠崎凜です」

「篠崎……、りんね。りん……りんってどんな字？」

「さんずいじゃなくてにすいになべぶた書いて……ああそうそう、そうです」

凜はメモ帳を覗き込みながら頷《うなず》く。男は慌ててメモ帳を彼女の目から隠そうとした。

「――ところであなたどなたですか」

何となくショックのあまり当然のように質問に答えていたが、こちらの知りたいことは何も分かっていないことに気づいた凜は反撃に出た。

「ぼくは、こういうものです」

そう言うと、ワイシャツの胸ポケットに入れていた警察手帳をちらりとだけ見せてすぐしまう。

「刑事さん……ですか」

「そう。城東署の北島《きたじま》です」

改めて先ほど救急車で運ばれた死体を思い出した。

「人が殺された……んですね？　――弓で？」

「故意の殺人か事故なのか、それはまだ分かんないけど……おいちょっと待て！」

北島刑事が止める間もなく、凜は開いたままの通用口に飛び込んだ。

通用口はたまに安土の土を搬入したりするためにつけられたもので、普段は中から閂《かんぬき》がかかっている。入ったところの数歩先には的があるので、弓を引いているときにいきなり外から人が入ってきたりしたら危ないからだ。

今はすぐそこで、一人の作業服姿の人が安土の写真を撮《と》っている。二つある的のうち通用口に近い手前の方（弓を射る立場からすると「後ろ」の的）には一本、先ほど見たのと同じジュラルミンの矢が刺さっていて、その手前の安土はぐちゃぐちゃに崩れてしまっている。

先ほど運ばれた男性が、そこで倒れていたのだろうか。

恐怖と嫌悪の中で、それとはまったく別の違和感を覚えていた。

「おい、お前。勝手に入るな」

北島が肩を摑《つか》んだが、凛は振り向かなかった。

「おい……意外とがっしりしてんな、お前」

「お前とか言うな」

むかっとしたので睨みつけてわざと乱暴な言葉遣いをすると、刑事は慌てたように手を離した。

「ごめん。……いや、ていうか、勝手に入るなって言ってんの」

「先生は？　先生に会わせてください」

「……しばらくは無理だな。事情が分かるまでは」

「どうして？」

「だって、事故だとしても、人を殺してしまった以上、細かく状況を調べないことには

「はあ？　何言ってるんですか？　先生が、あの人を殺したって言うんですか？」

「だから、事故かもしれないけど、実際矢が当たってあの人は死んじゃったわけだから……」

……」

凛は混乱しながらも、先ほどの違和感の正体に気がつき、そのことを言わずにはおれなかった。

「事故？　こんな事故、起きるわけないじゃないですか！」

「そりゃ、起きちゃいけないことだってのは分かるよ。分かるけど……」

「そんなこと言ってるんじゃないです！　あれを見てください！　あそこに刺さってるあの矢を！」

凛は的に刺さった矢を指差した。ふと気づくと、カメラマンも二人の会話を聞いて、仕事の手を止め、矢を見ている。

「あの矢がどうした？」

「あれは、乙矢《おとや》ですよ」

「オトヤ？」

北島はその意味も分かっていない様子で聞き返したが、凛は説明を急いだ。

「さっき死体――男の人に刺さってた矢は、同じセットの矢の甲矢《はや》でした。ね？　そんなこと、ありえないでしょ？」

「ハヤ……？　何言ってるか分からん」

凛は苛々《いらいら》したが、弓道を知らない人間にはどこから説明しなければならないのか必死で考えた。

「甲矢は、一本目に射る矢です。乙矢は二本目。普通、弓道では二本をセットで一手《ひとて》として射るんです。つまりこれが誰かが弓を引いていて起こった事故だとすると、一本目の矢があの人に当たって、倒れて死んで、その後残ったもう一本を平然と射って的に的中させたってことですよ。そんな事故、ありますか？」

4

北島の飲み込みが悪いのか凛の説明が足りないせいか、なかなか話が通じない。北島は一旦、凛を置いて母屋に行っていたが、すぐに戻ってきた。上司か誰かと相談してきたようだ。ゆっくり話を聞きたいという北島について近くの喫茶店――カフェというより昔ながらの喫茶店――に腰を据えた。彼は盛大に汗をかいているので、エアコンのあるところに避難したいという気持ちもあったのではと勘繰りたくなる。

「おごってくれる？　経費？」

「大丈夫、ちゃんと許可取ってきたから。あ、レモンスカッシュください。おま……君は？」

「チョコレートパフェ」

特に甘いものが欲しいわけでもなかったのだが、一番高い喫茶メニューがそれだったのでわざとそれにしておいた。それに、脳を使うと糖分を大量に消費するのだとか。今までにないくらい頭を使わないといけないかもしれないし。

「……それで？　さっきの甲矢《はや》だの乙矢だのって話は一体何だ？　もう一回ちゃんと説明してくれ」

「だから、死体に刺さってたのが甲矢。一本目の矢。で、的に刺さってたのが……」

「待て待て待て。それがもう何言ってるのか分かんないんだよ」

「何でですか！」

物わかりの悪い生徒に苛立つ先生の気持ちが少し分かった。

「君は矢を見ただけだろ。弓をやってるところを見たわけじゃない。何で、矢を見ただけでどれが一本目だの二本目だの分かるんだよ。おかしいだろ」

そこからか、と凜は首をがっくりさせる。日本人は日本スゴイと言いながら大人でも弓のことを知らなすぎる。

「えーとですね……説明が難しいんですよ、これは。まあいいや、とにかく一から説明しますね。まず、弓道の矢には羽根がついてますね。後ろのところに、普通は三枚、ついてます。これは矢を回転させて安定させるためです。回転するとなんで安定するかというと……物理はよく分からないんでそこはいいですか」

「分かるよ。鉄砲の弾と同じだろ。あれも回転させてる」

「ああそうそう、そうです。それと一緒です、多分。で、回転させるために鳥の羽根をつけるわけですけど、その羽根っていうのは、一本の羽根を軸のところで半分に切ったものなんですよ」

言葉だけの説明に限界を感じ、メモ帳と鉛筆を借りてそこに絵を描きながら説明することにする。

「鳥の羽根には表裏があって、軸は裏の真ん中についてますね。で、裏を上にして置くと、こう両端が反って湾曲してます。分かります？　この羽根を軸のところで真っ二つに切って矢につけるわけです。でも、軸の右側と左側では、反り方が逆ですよね？　三枚の羽根の、反ってる向きが同じじゃないと矢はうまく回転しません。向きを揃《そろ》えるためには、右側の羽根ばっかりの矢か、左側の羽根ばっかりの矢を作る必要があるんです。で、よく似た羽根を三枚用意して、それぞれ真っ二つにすると、六枚になります。で、この右側の三枚で一本作ると甲矢ができて、左側の三枚を集めると乙矢ができる。この二本は同じ羽根からできたセットの矢ってことになるわけです」

ここまで理解しているだろうか、と思って表情を窺《うかが》うと、真剣な様子でメモ帳を睨みつけていた。

「ああ……少し分かってきたような気がする。それで？」

「甲矢と乙矢は、羽根の表裏、反り方が逆になってます。分かります？　真っ白い羽根なんかだとぱっと見た目には分かりにくいですけど、触れば全然違いますし、半分になった軸の位置も違ってきます」

「うーん……手元にあれば分かりやすいんだろうけど……」

「あっちに戻って説明しましょうか？」

「いや、いい。後で確認する。――甲矢と乙矢が見た目で区別できる物だってことは、とりあえずいいとするよ。だとしても、間違えて射ることだってあるんじゃないのか？」

「わたしたちが買うような安い矢は大体六本セットで売ってるんですけど、甲矢が三本、乙矢が三本入ってます。弓を引くときにはその中から甲矢と乙矢を選んで一手《ひとて》持って立ちますし、番《つが》えるときにまず甲矢を番える。これは基本中の基本なんです。思いっきり初心者ならともかく、ある程度の経験があれば、普通は間違えません」

「うーん……」

北島はそう唸《うな》ったきり、天井を仰いで黙り込んでしまった。

そこにちょうどレモンスカッシュとチョコレートパフェが届いたので、説明は終わったものと凜はパフェをつつき始めた。

「あ、お冷やお代わりください」

見ると、北島はお冷やを飲み干してしまっている。そして丸い身体をさらに丸めてレモンスカッシュをちゅうちゅうと飲み始める姿を見て、何だか熊みたいでちょっと可愛《かわい》い、と凜は思った。

運んできた店主らしき女性はぶっきらぼうにお冷やのお代わりを注ぐとまたさっさとカウンターの後ろへ引っ込んでしまい奥にあるテレビを見ているようだ。他に客は誰もいない。BGMはなく、見えないテレビの中の小さな笑い声だけが時折聞こえてくる。

今すぐそこで人が死んだなんて信じられない。

「……しかしなー」

「何ですか」

「事故じゃなかったら何なんだ」

「殺人……ですか」

「殺人だとしたって同じことじゃないか。男を殺した後、何でもう一本射る必要がある？そんな必要はないんだよ」

「はあ……そうですね」

先生が犯人であるわけはないが、だとしてもあまり想像したくないことだった。事故の方がよかった？　いや、それもやっぱり嫌だ。

弓道の事故というのは、時折発生する。特に、弓道部の歴史の浅い学校などでは満足な道場もなく、運動場の片隅をゴルフ練習用のネットなどで囲って練習しているところも多い。とんでもなく外れた矢で、運悪く通りかかった他の生徒に怪我をさせてしまうというような事故がたまにニュースになる。ちゃんとした道場があっても、ちょっと間違えたら事故になってた、とひやりとするケースは凜自身も何度も見てきた。それだけに、たとえ自分の部内でなくても、「弓道の事故」という言葉自体に敏感に反応してしまうところはある。

しかし弓が殺人に使われたとしたら、それもまた嫌だ。弓は間違いなく武器なのだけれど、でもそんなことに使うのは絶対間違ってる。多分。

やっぱり事故の方がいいか……いや、でもやっぱり……？

「こういうことは考えられるのかな。拳銃でも、殺意があって撃つときは何発も撃つじゃないか。二本の矢を素早く射ったけど、一本目は当たって二本目は外れたっていうのは」

「素早く続けて射る技術はあるでしょうけど、普通の現代弓道ではまずやりませんからね……流鏑馬《やぶさめ》とかする人なら結構早いとは思いますが……どう見たって、あんなふうに見事に刺さってたら、乙矢を射る前に倒れてるんじゃないですか？」

「倒れてるやつにとどめを刺そうと思った一本が、外れたのかも」

違和感がありすぎて状況がうまく想像できない。

「やっぱり、事故なのかな……弓で人を殺そうなんて思う人、いるわけないし……」

そうだ。弓を汚す行為だとかなんだとかいう前に、自分たちが使っているあの和弓《わきゅう》と矢で人を殺せるような気がしないのだ。怪我《けが》をすることはあっても、よほどピンポイントで急所に当たらない限り、たった一本の矢で人を殺せるとは思えない。もちろん死ぬことが絶対ないとは言えないが、それを期待して殺人の方法として弓を選ぶ、そんな人間がいるだろうか。

「そうだよな。やっぱり、事故だな。うん。まあ、何か他のことを気にしてたかどうかで、甲矢と乙矢を間違えた。あるいは、そんなことは気にしなかった。それが一番まともな考え方だな」

いまだ違和感はあったものの、他の考えよりは遥かにありそうなことのように思えてきた。凜自身は最初から常に甲矢と乙矢を確認しながら番えてきたが、そうではないがさつな人だっているかもしれない。

「注意力も落ちてたんだろうな。だからこそ、人が入ってきたのに気づかず二本目を射ったらそれが運悪く当たっちまった。それに違いない、うん」

「ちょっと待ってください。あの通用口は、普段必ず内側から閂を下ろすようにしてたはずなんです。外から人が入って来られないように。——そもそも、あの人は誰なんですか？」

「それは今、確認中だよ。棚橋さんも、ヘルパーのえー……大神《おおがみ》さんも見たことない人だって話だ」

「どういう状況で見つかったんですか？　事故を起こした人が通報したんじゃないんでしょう？」

「違うよ。詳しいことはまだ聴いてるところだけど、大神さんが出勤して色々と母屋で仕事をしてたら、なんか物音がするんで弓道場の方へ覗きに行ったんだそうだ。開いた通用口が風で煽《あお》られてバタバタしてたんで、慌てて閉めに来たら、男があそこに倒れてて既《すで》に息がなかったんだと。板の間の人が立つところ……何て言うのかな？」

「射場です」

「その射場には弓が一本、放り出してあったから、大神さんは、誰かが勝手に練習してて、人を射てしまって、慌てて逃げたに違いないと思ったそうだ。――君はあそこでよく練習するのか？」

「はい。毎週土曜日、今くらいに……」

　言いかけて凜は北島の顔を見返した。

「えっ、まさかわたし、疑われてます？」

「いやあ、今は疑っちゃいないけどね。人を殺しておいて、その様子を見に戻って来たにしちゃ、度胸が据わりすぎてる」

今は、ということは、最初は疑っていたのかもしれない。

「誰か練習してたんですか？　先生に一声かけずに勝手に上がり込むなんてこと、ないと思うんですけど」

北島は顔をしかめる。

「そうだよねえ。……でも、その先生がまだ何にも話してくれないんだな。誰かを庇《かば》ってるのか、それか、先生自身がやっちゃったか」

ちゅうううっと名残惜《なごりお》しそうにレモンスカッシュを吸い込む。多分、ほとんどは溶けた氷水なのではないだろうか。それでも足りない様子で、残っていたお冷やをごくごくと飲み干す。

「それは絶対ないです。あの矢は、先生のじゃないですから。先生は、あんなジュラルミンの安い矢は使いません。先生が普段使うのは竹矢です」

「ふーん。矢は、みんな一人一人自分のを使うってことか」

「そうです。腕の長さに合わせて矢束《やづか》――ちょうどいい矢の長さを決めますし、太さも重さも微妙に違うんで、よほどの初心者はともかく、続けてる人はみんな自分の矢を持ってます」

「じゃあ、あの矢の持ち主が分かれば、そいつが犯人ってことか」

「あ、いや……多分、あの矢はここに置いてあったもののような気がします」

「どういうことだよ」

「今は指導を引退されてしまいましたから、ほとんど誰も来ないはずですけど、以前はよく一般の方にも指導されてたんですよ。だから、使い古しの矢とかは、初心者の練習用にある程度置いてあるんです。多分、その中にあったやつじゃないかと……羽根も結構傷んでましたし」

「じゃああそこに転がってた弓は？」

「見てないから知りませんけど、カーボンの弓なら、やっぱり指導用に、強さの違う弓が何本か置いてあります」

「カーボンかどうかは知らんが、竹じゃなかったな。——つまり、一人じゃなくて色んな人間が使ってたってことか」

「わたしもまだ自分の弓は持ってないので、よく借りて使ってました。学校でやるときは学校にあるやつを借ります」

「君の指紋が出るかもしれんってことだな」

「……そう……です……ね？」

　カーボン弓は五、六本は置いてあったような気がするが、確か一番強いのが凜が借りる十四キロのものだった。初心者向けの九キロや十キロの弱い弓で果たしてあんなふうに人を射殺《いころ》せるものだろうか？〝犯人〟は一番強い弓を使った可能性が高いのではないか。

――いや、それを言ったら十四キロでもそこまでのパワーはないかもしれない。大人の先生の中には二十キロを超える強弓を引く人もいるが、あれだったら充分人が殺せそうだ、と凜は思った。頭に当たっても、突き刺さるだろう。

「今日、君が家を出た時間を一応聞いておこうかな」

「お昼ご飯を食べてからですから……えっ、アリバイ調べですか？　もう疑ってないって言ったくせに？」

「一応って言ってるだろ。――君が午前中家にいたことは、誰か証明してくれる人はいる？」

「……母が。でも、昼まで寝てましたから、証明って言えるかどうか……」

「家はここからどのくらい？」

「自転車だと十分……弱ですか」

「それじゃあ意味ないか」

北島は一旦は構えた鉛筆を置き、メモ帳を閉じてしまった。凜はむっとする。

「何なんですか。一応って言ったじゃないですか。わたしのアリバイはどうだっていいんでしょ」

「……いや、できたら完全に疑惑が晴れた方がいいじゃないか」

「やっぱ疑ってるんだ！」

「そうじゃない、そうじゃないって。ぼくは疑ってないけど、状況が状況だからね。もしあの弓から君の指紋がべったり出てきたら、それこそ第一容疑者になるのは避けられないし」

凛はじっと北島の顔を覗き込んだが、困り果てたようなその表情を見て、ぼくは疑ってない、という言葉を信じた。

もしいつも借りている弓が使われたのだとしても、先週土曜日、審査の前日に使ってから一週間経っている。少なくとも今日自分以外の誰かがその同じ弓を触ったわけで、その指紋の方がはっきり残っているのは間違いない。通常、使う前と後には軽く布で拭《ふ》くから、わたしの指紋は消えている可能性もある。放り出していったというのなら、後で指紋を拭く余裕はなかっただろう。大丈夫だ。自分が疑われる可能性はほとんどない、と凛は結論した。

「……先生と話をさせてもらえませんか。もしいつまでも何も話さず黙っていたら、先生が疑われますよね。わたしになら、話してくださるかもしれません。どうせわたしの指紋も採らないといけないんですよね。何でも協力しますから」

北島刑事は、ふん、と鼻を鳴らし、腕組みをして凛を見つめた。しばらく何か考えているようだったが、やがて「ちょっと待ってて」と言い置いて店を出て行った。

窓の外を覗くと、玄関の外で携帯らしきものを取り出して耳に当てている北島刑事の後ろ姿が見えた。しばらくして戻ってくると、「先生と話してもいいそうだ」と言った。

5

正面の門から母屋へ案内されると、玄関をあがってすぐの広間に先生が坐らされ、刑事たちに囲まれているのが、屋久杉の切り株の衝立《ついたて》の向こうに見えた。

「先生！」

凜は靴を一瞬で脱ぎ捨てて衝立を回り込み、先生のところへ駆け寄ろうとしたが、坐っていた中年の刑事が立ち上がって制止した。

「あー、あなたが、篠崎凜、さん？」

「はい。――先生、大丈夫ですか？」

近くに行けないなら仕方ない。座卓を挟んでなるべく正面に坐った。刑事らしき私服は二人、それに制服の警官も一人、手持ちぶさたな感じで隅に立っている。

「ええ、大丈夫よ。心配かけて、ごめんなさいね」

後ろからやってきた北島刑事が、凜の左隣に正座する。

「彼女はあなたの生徒さんですね」

「……はい」

先生はやや慎重に答える。

「毎週土曜日に練習に来られるとか」

「はい。でも今日は今初めて会います」

聞かれてもいないことを慌てた様子で言い添える。

「先生！　一体何があったんですか？　教えてください」

凜は勢い込んで訊ねたが、先生は困ったように口を噤《つぐ》んでしまった。

「先生、もしかして、生徒の誰かが事故を起こしたと思ってるんですか？　まさかわたしがやったのかも、とか思ってないですよね」

眉がぴくっと動いたので、ああやっぱりそうなのか、と凜は思った。

「わたしじゃないですよ、先生。いくらわたしが図々しくても、勝手に道場に入ったりしませんよ。他に使わせてもらってる人がいたとしても、多分同じです。そんな生徒はいませんよ。信じてください」

「……でも、実際誰か亡くなってるわけでしょ……？」

弱々しく問いかけるその表情は、何だか一気に年老いて見えた。八十なのだからもしかしたら前からこうだったけれど、気力だけが先生を若々しく見せていたのかもしれない。

「ほら。やっぱり先生は何もご存じないんですね。ならはっきりそうおっしゃってください」

中年の刑事と北島刑事の顔を見ると、やれやれといった表情を見せた。

「そんなことだろうとは思ってましたがね、面倒かけんでくださいよ」

「すみません。でも、どうしていいかほんと分からなくて……」

何もかも悟りきった人だと思っていた棚橋先生でも、こんなにも無力に見えることがあるのだと改めて思い知り、複雑な心境だった。

「先生は今日、何時に起きられましたか？」

凜は気持ちを切り替えて質問を続けた。

「え？　朝ですか？　毎日、七時には起きます。今日もそうでした」

「外出はされましたか？」

「いいえ。どこにも」

「もし、誰かがこっそり弓道場へ入って弓を引いたとして、その弦音《つるね》や、的中音《てきちゅうおん》が聞こえない場所にいたことがありますか」

ようやく先生も、刑事たちも、凜の質問の意図を理解したようだった。先生はしばし記憶を探っている様子だったが、やがてきっぱりと首を横に振った。

「いいえ。ほとんどの時間、わたしは道場横の部屋にいます。朝食はこの隣の部屋でいただきますが、的中音が聞こえないなんてことはありません」

「……ね？」

凛はみんなを見回して言った。

「何が、『ね？』だよ。だから何なんだ」

北島は苛ついたように訊き返す。

「もう。だから、弓を引いた人なんかいない、ってことじゃないですか」

「しかし、実際人が死んでるわけで……」

「〝矢〟で死んでたのは確かですけど、弓は使われてないってことですよ」

「弓を使わずに？　手で持って突き刺したっていうのか？　それも無理がないか」

「どうやったのかは知りません。多分、薬か何かで自由を奪った状態で安土に寝かせてたんじゃないでしょうか。それで狙い定めて両手で持って突き刺したか、あるいは矢を喉に当てがって、後ろを強く何かで叩いたか。もしそうだったら、筈《はず》（弦をかける部分）のところが壊れてるかもしれません。最初から変だと思ってたんです。殺人の道具としては弓は不確実過ぎます。もし弓を射るとしたって、何もルール通り射場から射る必要はないでしょう？　二十八メートルも飛ぶ間に威力だって落ちます。殺すつもりなら、絶対当たるギリギリのところで引いたっていいわけです。でも弓は射場に放り出してあった。ていうことは、いかにもそこから弓を引いていて起きた事故のように見せかけたかったたってことですよね」

言っていて自分で気持ち悪くなる。

「手に持って凶器として使うのに、竹矢は頼りない感じがしますよね。だからジュラルミンの矢を選んだ。あるいは最初から、先生ではない誰かが疑われるようにしたかったのかもしれません。ジュラルミンの矢とカーボンの弓を使う誰かが疑われるように」

中年の刑事が立ち上がって制服警官に何事か囁《ささや》くと、警官は広間を離れ、廊下を走って奥へ行ってしまった。

凛はちらっとそれを見送りつつ、言葉を続けた。

「弓を引いている時に起きた事故っぽく見せかけたかったからですかね、もう一本別の矢を、的に突き刺してしまったのが余計なミスでした。弦音はともかく的中音は結構響き渡りますから、ずっと自宅にいた先生がそれを聞き逃すはずはないんです。しかも、それは甲矢ではなく、乙矢でした。甲矢を凶器として使ったのに、乙矢を的に刺してしまった。おかしな話です。事故で人を射てしまった後、もう一本矢を放って的中させた、という状態を作ってしまったわけですから。弓を少しでもかじった人間なら、そんなミスはしないでしょう。つまりこれは、弓道をよくは知らない人の犯行だと思います」

「なるほど。この道場に出入りできて、弓道事故に見せかけるアイデアを思いつきはしたけれど、甲矢と乙矢の区別はできない人間——一人しか思い当たらんな」

北島刑事も遅まきながら気がついたようだった。

「大神さん……？」

棚橋先生がその名を口にする。

「多分、そうでしょう。もしさっき言ったように、男の人の自由を奪っておいて殺したんだとすると、女の人一人じゃ無理っぽいですね。出勤してから、こっそり道場の通用口を開けて、入ってきた犯人に矢を二本、渡しただけなのかもしれません。犯人を逃がした後、適当に時間を見計らって死体を見つけて騒いだ」

「一体何でそんなことを……」

先生は口を両手で覆った。

「君の言ってることは筋は通ってるが、全部推測だな。もし犯人が捕まったとしても、弓を引いてみたかった、事故だって言い張る可能性はあるんじゃないかな」

北島刑事の言葉に、凜は首を傾《かし》げて考える。

「さっき刑事さんにはお話ししましたけど、矢は、普通に射れば回転するんですよ。甲矢ならええと……時計回りかな？　とにかく鉄砲の弾と同じで回転してるわけです。鑑識とか科学捜査とかで、回転しながら刺さったのと手で持って刺したのの違いとか、分かりませんかね？」

「どうかな。調べてもらうよう言っておこう」

その後、警察で厳しく問いつめられたヘルパーの大神淑子《としこ》は犯行を認め、実行犯の名前も白状したため、事件はあっさり片が付いたという。彼女はたちの悪い男とつきあってい て、棚橋先生の家の様子を漏らしたところ、無理矢理殺人の片棒を担がされたのだと言っているそうだ。動機は金の貸し借りで、犯行方法は凜の想像通り、矢を両手で摑んで突き刺すというものだったようだ。北島刑事の訪問を受けて特別に(「こんなこと普通は教えないんだけど……」)色々と説明されたが、それ以上は頭に入ってこなかった。

結局自分自身はもちろん、棚橋先生も何の関係もなかったわけだが、こんな形であっても人を殺すほどの悪意を垣間見《かいまみ》るというのは何とも不愉快で恐ろしいものだということを初めて知った。

さすがに気になって次の土曜にまた先生の自宅を訪ねると、違うヘルパーさんがちゃんと来ていて、先生はまた道場横の部屋でぴしっと正座していた。

「先生。大変でしたね。少し、落ち着かれましたか」

「ええ、ええ。篠崎さん、あなたのおかげで本当に助かりました。あなたがいなかったら、わたし多分刑務所に行ってたと思います」

刑務所は大げさなのではないかと思ったが、誰であれ、生徒が責任を問われるくらいなら自分が罪を被るつもりでいたということだろう。といって、自分がやったと嘘をつくこともできず、ただ黙秘してしまった。

「――先生。先週言うつもりだったんですけど、わたし本多先輩に怒られちゃったんです。ここに来て練習してたこと。だから、もう練習には来ません」

「あら、そう。本多さんが」

先生はそれだけ言って黙り込んでしまった。

「わたし、全然気づかなくて。先生の体調がお悪いとは伺ってましたが、弓が引けないほどだなんて。とてもそうは見えなかったものですから。わたしほんと、何にも分かってなかったんですね」

凜はそう言いながら先生の眼鏡の奥を覗き込んだが、その目はこちらを見てはいなかった。

「先生、目がお悪いんですね。今、どれくらいお見えになるんですか」

ふっ、と笑ったようだった。

「ごめんなさい。実は、あなたの顔も分からないの。そこに人がいるっていうのはかろうじて分かる程度」

それでは的など見えるわけがない。

「本多先輩は、それを知ってたんですね」

「そうね。今の三年生は、わたしの病状を顧問の先生から聞いててみんな知ってると思うけど、下の学年にはもう言わないでってって言ったの。変に心配されたくなかったから。部長の引き継ぎの時に本多さんだけ聞いたみたいね。時々様子を見に来てくれるのは嬉しいんだけど、申し訳なくて」

「弓が引けなくなった先生のところで練習するのは無神経だって、えらく怒られました。その通りだったと思います。本当にすみませんでした」

そう言って畳に額がつくほど頭を下げる。

「いいのよ、別に。本多さんも気を回しすぎよ。わたしほんとに、嬉しいの。誰かが弓を引いてるのを聴いてるだけでも。ああ、今日はきれいな弦音だな、調子がいいな、とか、なんか集中できてないけどどうしてかな、とか」

「ほんとですか」

一瞬嬉しくなって、また来ていいのかなと思ったが、すぐに思い直した。一人で来るのはやっぱり駄目だし、たくさん引き連れてくればそれこそ迷惑だ。

「それにね、わたし実は、最近も時々こっそり引いてたの。何かあったら危ないから、大神さんに見てもらえる時だけだけどね。でも、目が悪いわたしがそんなことしてたからこそ、あの人はあんなこと思いついちゃったんだと思うと、責任を感じるの」

そうだったのか。それでは、大神さんはやはり先生に罪を被せるつもりだったのかもしれない、と凜は考えた。甲矢と乙矢どころか、竹矢とジュラルミン、竹弓とカーボンの違いも気にしていなかったのかもしれない。

「──もう、いい加減諦めなきゃね。篠崎さん、わたしの人生最後の射を、見守ってくださらない？」

「え……は、はい」

戸惑いながらそう答えると、先生はすっくと立ち上がった。最初からそのつもりだったのか、今日は着物の下は袴を穿《は》いていたことに今頃気がついた。

ちゃんと見えているかのようにするすると射場までたどり着いた先生は、弽《ゆがけ》（弦から右手指を保護する手袋）をつけ、既《すで》に弦をかけて弓立《ゆみた》てに置いてあった竹弓と矢を一手持つと、的場の方に顔を向けて光を確認していた。

凜は正座してその様子を凝視するしかなかった。

経験か、何か目印があるのか分からないが、先生は後ろの的の本座《ほんざ》に正しく坐り、揖《ゆう》（浅い礼）をする。たすきを取り出して手早くかける。坐射《ざしゃ》をしてくれるようだ。

立ち上がって進み、射位《しゃい》の手前で跪坐。九十度向きを変え、弓を立てる。

かつて見ていたのと何ら変わらない、流れるように美しい体配《たいはい》だった。いや、むしろ、磨きがかかって見えるのは、凜自身の見る目が成長したのか、それとも先生の覚悟ゆえか。両方のような気がした。

矢を番えると先生の身体はまるで見えない糸で吊るされているかのように立ち上がり、足踏《あしぶ》みの後、弓が打ち起こされた。水が流れるようにすべては淀《よど》みなく進み、自然の摂理にただ身を任せているようにしか見えない。筋肉の落ちた細い腕が、十六キロの竹弓を楽々と引き分ける。同じ強さの弓を引いている本多先輩のパワフルな引き分けとは似ても似つかない。長く、微動だにしない会の後、鋭く軽い離れ。正確に的に向かって飛んでいった甲矢が的中したとき、凜はもう驚かなかった。

一つ一つの動作を愛おしむようにゆっくりと跪坐をし、乙矢を番える。立ち上がり、引き分ける。さっきよりも長い会。離したくないのかもしれない。知らず同じ息合いになっていた凜の息がもう続かない、と思われた瞬間、乙矢は放たれ、甲矢と数センチと変わらぬ位置に的中した。

肺の中の息がすっかりなくなっていた凜は思わずひゅうっと大きく息を吸った。

先生はこれまた長い残身の後、ゆっくりと凜の前まで来て、ふわりと坐り、訊いた。

「どこに中《あ》たりましたか？」

「二本とも、的心《てきしん》です。……ありがとう、ございました！」

凜は額を床にこすりつけながら、自分が涙を流していることに初めて気がついた。

第二話　弓の道、矢の道

1

その日は凛にしては珍しく朝寝坊をして、遅刻しないよう小走りに学校へ向かっていた。今日は苦手な数学の小テストがあり、前回散々な成績だったことから、ゆうべ必死で問題集と格闘していたのだった。おかげでいつもの朝練も休み、こうして慌てている始末。雨は降っていないものの、どんよりとした雲が校舎の上を覆い、数羽のカラスがいつにも増して不吉にガーガーと鳴きながら頭上を舞っている。別にゲンなど担ぐ方ではないけれど、気分のいい朝ではない。

下駄箱で靴を履き替えていると、階段脇の掲示板のところに名前も知らない女子が三人たむろしていて、何やら指さして笑い合っている。彼女たちを見ながら下履きを下駄箱の中に入れていると、凛に気づいた様子でぴたっと話をやめ、慌てた様子で去っていった。

——なに、今の？

訝《いぶか》しみながら掲示板の前まで行くと、校内新聞の新しいものが貼《は》り出されていて、自分の写真がでかでかと使われていたものだから、濁点のついた「え」みたいな変な声が出た。

的前《まとまえ》で、まさに〝会《かい》〟に入った弓道着姿。姿勢は悪くない、とは思った。写真としてどうとか、顔がどうとかではなく、あくまでも姿勢だけの話だが。十文字になるべきところはなっているし、手《て》の内《うち》（弓を握る手の形）も潰れていない。何枚も撮られたはずなのでどの時のものかは覚えていないが、多分この矢は中《あ》たったことだろう。少なくとも弓道部員として恥ずかしい写真ではない。しかし問題は見出しだった。

『弓道名人は名探偵』

一年生で弐段は珍しいが、「弓道名人」はいくらなんでも言い過ぎだし、もちろん名探偵なんかではない。先日殺人事件に遭遇し、その際、あることに気づいたおかげでスピード解決したのは事実だが、それは弓道においては常識レベルの知識が役に立っただけでそれ以上のことではない――と凜自身は思っていた。

よく芸能人が小さな事を大きくされてスキャンダルに仕立て上げられたりしているようだが、あれをこの年で身を以《もっ》て知ることになろうとは。

すぐさま、先日取材を申し込んできた二年生の放送新聞部員に抗議しに行きたいところだったが、あいにく今日は時間ギリギリの登校でそんな余裕はなかった。凜は唇を嚙《か》み締めながら小走りに自分の教室へと向かう。

案の定、教室へ入ると一斉にクラスメイトが注目し、微妙な笑いが起きる。鞄《かばん》を机に置いて坐るなり、後ろの席の野口《のぐち》というお調子者が「よっ、名探偵」と背中を指でつついた。

「あのね……」

振り向いて抗議しかけたが、担任の西田《にしだ》先生が入ってきたので諦めて前を向いた。

出欠を取り終わるなり、西田先生はニヤニヤ笑いながらこちらを向いて話しかけてくる。

「おう、篠崎。えらい活躍だったらしいな」

再びクラス全体がざわつく。凜は我慢できずガタンと椅子を蹴飛ばすように立ち上がって言った。

「あそこに書いてあることは嘘です。……というか、大げさです。わたし名探偵なんかじゃありませんし、弓道名人でもありません。名誉毀損です」

どっ、と笑いが起こる。

「おいおい、褒めてるんだから名誉毀損にはならんだろう。強《し》いて言うなら……褒め殺しか？」

何だかよく分からない冗談に、妙にクラス中がウケる。

褒め殺し……よく分からないけれど、何だか今の自分の感じにはしっくりくる言葉だった。ありもしない功績を褒め称《たた》えられるのなんて、決して気分のいいものではない。

ひとしきり笑い声が収まった後で、西田先生は言った。

「まあ、間違ってることがあるんだったら、放新部（放送新聞部のことだ）に言って直してもらえ。次の号で訂正を出してくれるかもしれん」

「そうします」

凜は勢い込んで言ったが、ホームルームはそれで終わりで、どこがどう間違っているか説明する機会は与えられなかった。事件があったこと、凜がそれに関わったことは事実だし、みんなもある程度概要は知っているので、それ以上細かい部分などどうでもいいのだろう。凜はますます腹が立ってきた。

そして四時間目が終わって同じ弓道部の森口綾乃と机を並べてお弁当を食べようとしているときだった。

「今日は朝練行かなかったんだ。珍しいね」

「……うん。寝坊しちゃって。朝ご飯も半分残して飛び出してきたから、お腹ぺこぺこ」

女子高生にしては大きめの弁当箱を開け、勢いよく食べ始めたところで聞き覚えのある声がスピーカーから流れてきて箸《はし》を止めた。

『……本日最初の曲は、一九七八年の傑作サスペンスコメディ映画「ファール・プレイ」のテーマ曲、バリー・マニロウの×××××……』

最後の方の気取った発音は英語のタイトルらしかったが、凜には聴き取れなかった。というか、声に集中していたので全体的に何を喋《しゃべ》っているのかは全く理解していなかった。

「なに、どうかした？」

一緒にお弁当を食べていた綾乃が怪訝《けげん》そうに顔を覗《のぞ》き込む。

「あいつ！」

「誰？」

ぽかんとして周囲を見回している綾乃を置いて、凛は弁当の蓋《ふた》も閉めずに教室を飛び出して放送室に向かった。職員室の近くにある放送室は、一年生の教室と同様一階にあるので、急げば一分とかからない。

ドアの前でノックをしようと拳《こぶし》を振り上げて、札が下がっていることに気づいた。

『放送中につきお静かに』

入るな、とは書いてないな、と凛は判断し、そっとノブを回して鍵がかかっていないと分かると、静かにドアを開け、隙間《すきま》から中を覗き込んだ。

放送室は、八畳ほどの空間に、壁沿いに置かれた長テーブルにパソコンやテレビその他放送機材が並べられている。真ん中には机とパイプ椅子があるけれど、今は誰も坐ってない。部屋の中には、ボリュームのようなツマミの一杯ついた機械の前に坐っている男子と、マイクに向かいつつ頭を揺らしているこれまた男子がいるだけだった。どちらも壁を向いていて、ヘッドフォンをしたまま弁当を食べているため、凛に気づいた様子はない。

今は音楽が始まったばかりだから、声をかけても大丈夫だろう。大丈夫じゃなくても知らない。

マイクに向かっている生徒の後ろに近づき、肩を指でとんとんと叩《たた》いた。

びくっとして振り向き、ヘッドフォンを外す。口の中のものを慌てて呑み込んでから、目を丸くして言った。

「何、きみ！　放送中だよ？　あれ……し、篠崎、さん？」

間違いなく、一週間ほど前に取材を受けた相手、二年生の放新部員の一人だった。確か、田中《たなか》とかそんな名前だったはずだ。部外者が放送中に乱入してきたから、という以上に動揺し、驚いているようだった。

「あの記事書いたのは、田中さんですか」

「田中……？　ぼくは中田《なかた》だけど……」

「ごめんなさい。中田さんが書いたんですか」

「そうだけど……」

「色々と間違ってるんで、訂正してください」

凛はぴしっと顔を指さしたつもりだったが、そこには箸が握られたままだったので、目を突かれそうになった彼はひきつった顔をして仰《の》け反《ぞ》った。

「あ、ごめんなさい。急いで来たものだから……」

慌てて箸をどこかにしまおうと思ったものの、使いかけのものを入れる場所もなく、仕方なく腕に添わせるように持って隠したが、それはそれで忍者か何かが武器を隠し持っているようになってしまった。

「なっ……なんですか。何が間違ってましたか？」

縁なしの眼鏡をかけた中田は、いかにも文化部といった線の細いタイプで、上級生の男子だというのに凜の気迫に心底脅えているように見えた。

「だから！　わたしは名探偵なんかじゃないんだって、あれほど言ったじゃないですか！　なのに……」

中田はぽかんと口を開け、しばらく目をぱちくりさせたが、少しほっとした様子で言った。

「なんだ、そんなことですか。謙遜しなくたっていいんですよ。それに、見出しですからね。少しは煽《あお》らないと……」

「それに、弐段くらいで『弓道名人』とか、酷《ひど》すぎます。恥ずかしいです」

「でも、他の部員の人も言ってたから……『この子は名人なんです！』って」

綾乃だ。確かに取材の時、横からそんなことを口走っていた。本気で嫌だったので「やめて」と言いはしたものの、照れているだけと思われたとしてもおかしくはない。

「てっきり喜んでもらえると思ったんですけど、迷惑……でしたか？　ど、どうしたらいい、ですかね？」

何だかひどく狼狽《ろうばい》しているのを見て、自分がつまらないことで文句をつけるクレーマーになったような気がして、罪悪感さえ感じてしまう。

「おい、曲終わったぞ！　……うわ、この子誰？　カノジョ？」

もう一人の部員がこちらを振り向いて目を丸くしている。

「ち、違いますよ！」

中田は一瞬で真っ赤になると、くるりとマイクに向かい、スイッチを入れると、しどろもどろの口調で次の曲紹介を何とかやり終えた。額にひどく汗を掻《か》いている。

「ほ、ほんと、ごめんなさい。今こんな様子なんで……放課後でもいいですか？　何とかその、篠崎さんのご要望を伺いますから……なんならもう一回インタビュー記事を載せるとか……」

自分が馬鹿みたいに思えて、すっかり当初の怒りも消えてしまった。

「もういいです。すみません、お騒がせしました」

「ちょ、ちょっと……！」

頭を下げ、急いで放送室を出る。何だか恥の上塗りをしに来たような感じだ。後ろでドアが開いて弱々しい声で呼びかけられたような気がしたが、無視して自分の教室に駆け戻った。

ああ、もやもやする。どうして自分がこんな思いをしなきゃならないんだろう。わたしの方がおかしいんだろうか。

食べかけのお弁当を済ませ、みんなとおしゃべりしているうちに頭の中から学校新聞のことは追い出してしまった。一緒に中田のことも追い出したものだから、六時間目が終わって、部活へ行こうと綾乃と一緒に教室を出たところで中田に出くわしたときには、一瞬誰だったかさえ思い出せなかった。

「あ、あの、ちょっと話を……」

「何ですか。もういいです、あの件は」

「え、何々。あ、放新部の人ですよね。凜の写真撮ってた。中田さん、でしたっけ？」

横から綾乃が興味津々《しんしん》の様子で口を挟んでくる。あの時一回名前を聞いただけだと思うのに、よく覚えているものだと感心しつつ、話を長引かせそうな気がして不安になる。

「あ、はい、中田です。……ぼくとしてはですね、篠崎さんのことをもっとみんなに知って欲しいっていうか……」

「別にそんなこと望んでません」

「いやでも、我が校にはこんなスターがいるんだって……」

「スターじゃないです」

凜が間髪《かんはつ》容れず否定すると中田は驚いたような顔になった。

「いや、スターだよ！　弓道でも期待されてて、殺人事件を解決して恩師を助けたんでしょ？　その上……」

中田は何か言いかけて口ごもった。

「……とにかく、篠崎さんは、テレビが取材に来てもおかしくない、うちのスターなんだよ！」

ありえないことだと思うが、そんな光景をちらっと想像してぞっとした。

「やめてください。余計に嫌です。そっとしておいてください」

「えっ、ちょ、ちょっと待って。有名になりたくないの？」

「なりたくないです！」

一体なんなんだろう。憤然として歩き出すと、綾乃が慌てたようについてきた。

しばらく歩いてちらっと後ろを見ると、中田は途方にくれたように立ちすくんでいる。

綾乃はすまなそうに何度も頭を下げながら凜の後を追ってきた。

「朝から何ぷりぷりしてんの？　あの写真、そんなに気に入らなかった？　かっこよかったよ」

「だから、そんなことじゃないって……」

人の話を聞いていないのか、綾乃も全然分かってくれていなかったことにがっくりする。

忘れることにして更衣室へ急いだが、ことはそう簡単には終わってくれなかった。

2

髪の毛をゴムでくくり、道着に着替えて体育館裏にある道場へ着くと、いち早く用意を済ませていたらしい部長の本多陽子が、道場の外で制服の男子と立ち話をしていた。誰だろうと訝《いぶか》りつつ近づくと先ほどの中田で、凛は思わず「げっ」と声が出ていた。

中田は凛たちに気づくと申し訳なさそうに卑屈な笑いを浮かべて頭を下げ、射場《しゃじょう》に入らず外を通って矢道《やみち》の方へそそくさと歩いていった。その右手には先日も使っていたデジタルビデオカメラが握られていたので、今日も撮影する気でいるらしい。

「放新部……また取材ですか」

礼をして射場の中へ入ると、部長に訊ねた。

「そうみたい。弓道部のこと、重点的に取り上げたいって。――新聞の写真、なかなかよかったじゃない？　篠崎さんさえよければ、今度、勧誘の時のチラシにあれ使わせてもらおうかと思うんだけど」

「えー……」

思わぬ方向に話が進んでしまい、慌てて退散する。ともかく、部長が許可を出してしまったのなら、自分がとやかく言える立場ではない。

道場は五人立ちだが、高校のものとしては充分過ぎるほど立派なものだ。試合などで交流する学校の中には、校庭の隅をゴルフのネットみたいなもので囲って練習しているところもあるというから、多少狭くても文句を言ったら罰が当たる。

射場と、南に三十メートルほど離れたところにある的場《まとば》には蔵のような瓦屋根があり、その間の矢道は低い植え込みに囲まれた芝生だ。見学や撮影は植え込みの外からということになる。

一年生は全員で準備。今日は三人欠席しているようで十人。高校になってから始めたものも多いが、もう半年以上経っているのでさすがに何も言わずとも自然と役割分担してきぱきと、射場のシャッターを開け、的を安土《あづち》にかけていく。二年生が全員揃《そろ》うと、正座して国旗に礼。壁に掲げられた「礼記射義《らいきしやぎ》」（『礼記』という中国の古典の中の弓について書かれた短い文章）を全員で読み上げる。

射は進退周還《しんたいしゆうせん》必ず礼に中《あた》り、内志《うちこころざし》正しく、外体直《そとたいなお》くして、然《しか》る後に弓矢を持《と》ること審固《しんこ》なり。弓矢を持ること審固にして……

その後準備体操をするが、人数が多いので、一年生はサンダルを履いて矢道に下りて行なう。それが終わると、二年生が的前《まとまえ》練習に入る。その間一年生はランニングなどの基礎練をしていたが、夏休み以後はそれらは「自己判断で」ということになり、今はゴム弓や巻藁《まきわら》練習をしつつ交替で矢取り《やと》(的から矢を回収し、土を拭き取って射場に持って来る)を務める。曜日によっては中等部との合同練習になることもあるが、今日は高等部だけなのでさほど混雑していない。

二年生が一手《ひとて》二回(四射)を二巡したところで、的前に立てるようになった一年生も加わって競射《きようしや》を行うのが通常だ(未経験者は的前に立てるようになるまで数ヶ月かかったりする)。普段なら早く的前に立ちたくてじりじりするところだが、凛はずっと射場にカメラを向けている中田の存在を意識して、的前に行くのが何だか嫌になっていた。

矢取りの時でさえ、ちらっと様子を窺《うかが》うと、さすがにカメラまでは向けていないものの、明らかにこちらを見ていたようで目が合ったりもする。「弓道部の取材」ならおかしな話だ。

「中田先輩、凛にぞっこんみたいだね」

綾乃が面白がって言う。

「やめて！　キモい」

「えー。別にいいじゃん、あれくらいなら」

「よくない。全然よくない」

射場の一番奥(東側)に置いてある巻藁なら中田のいる位置からは遠いし他の人が邪魔

になるので撮影はしにくいだろう。巻藁だけやっていようかと思ったが、後の自主練はともかく競射の参加は義務だった。

せめて撮影されにくいように後ろの方だったらいいなと思ったが、今日の順番では最悪の大前《おおまえ》。射位《しゃい》に立つと、ほんの二メートルほど先で、植え込みから身を乗り出すようにしてこちらにレンズを向けている中田を意識しないでいるのは難しい。

集中、集中……と心の中で唱え続けながら四射したが、見事に前へ後ろへ上へ下へとバラバラに外れた。最悪だ。

最近はようやく早気《はやけ》の病から立ち直りつつあり、的中率も戻ってきていたというのに、久々の皆抜け《かいぬけ》（四射外すこと）とは。中田の存在を恨むと同時に、自分の弱いメンタルが情けなくなった。

これも何かの修行なのではないか、こういう場面でも動じず中《あ》てられるのが正しい射なのではないか、などと自分に言い聞かせて臨んだ二巡目は、一つずれて二番だったせいもあってか、気合いで何とか三中させた。これで八射三中。半矢《はんや》にも届かなかったが仕方がない。

全員が終わったところで上位三人だけ名前を読み上げ、みんなで拍手する。八射皆中《かいちゅう》はおらず、本多部長が七中で一位。六中が二人。三中では下から数えた方が早いくらいだ。

「篠崎さん、皆抜けなんて珍しいね」

本多部長が事実を報告するように言ってくる。勝ち誇っているわけでも、皮肉っぽくもなく、といって慰めるでもないけれど、多分心配はしてくれているのだろう。

中田のせいだなどと言っても、個人的な気持ちを分かってもらうのは難しそうだ。この場ではごまかしておくことにした。

「や、なんか色々考え過ぎちゃいまして」

ある意味嘘ではなかった。たいした説明にはなっていないけれど、同じような経験をしてないものはいないだろうから納得してくれるはずだ。

部長は案の定うんうんと頷《うなず》いて、

「練習で悩むのは悪い事じゃないよね、多分。本番で迷わなきゃいいんだから」

と片づけた。

「はい」

部長はいつもつんけんしているように見られがちだが、どちらかというと不器用なだけで別に特にきつい人でも何でもないと最近分かってきた。そしてとにかく真面目《まじめ》だ。いつも弓の本を読んでいて、知識は豊富だし、弓に関する話題ならどんなものでも熱く語り続けられる。

先月の事件の際は棚橋先生の自宅に通っていたことがばれてひどく怒られたものだが、あの一件のおかげで他の部員には秘密にしている先生の病気について知ることもできたし、そうやって秘密を共有しているせいもあってか何かと二人だけで話をする機会も増えた。

綾乃とは中学以来の友達で弓道仲間だが、弓に関しては相当温度差があるようで、そういう話をしても今ひとつ盛り上がらない。部活には生徒全員所属することになっているからその中では勝手の分かっている弓道部を迷わず選んだようだが、パーマも髪染めも禁止というルールにも最近は結構な不満を感じている様子だ。朝練にも滅多に来ないし、昇段とか試合で活躍したいともさほど思っていないらしいのが、凜としてはちょっと残念なのだ。部長は先輩ではあるが、同じ弐段だし、的中率も同じくらいということもあって、いいライバル関係にもある（最近ちょっと凜の方が分が悪いが）。

競射の後は、各自自主練習。今日は曇り空で、十月に入って日も短くなっていることもあり、早いうちから射場も的場も明かりをつけているが、日が落ちると周囲は真っ暗で、早めに切り上げて帰る部員も出てきた。

いつも最後まで残る十人くらいになったところで、部長が「今日はここまでにしましょう」と言い、軽いストレッチ。的を片づけ、乱れた安土を整えて水をかけ、射場を簡単に掃除。シャッターを閉めたら終わりだ。ふと気づくとその後片づけさえも、中田は矢道に入り込んで撮影していた。文句を言いかけたが、部長が黙認しているようだったのでぐっとこらえる。あの写真を気に入っているものだから、甘くなっているのではないか。

「今日はちょっと少ないね。……門脇《かどわき》さんと小堀《こぼり》さん……島《しま》さんもお休み？」

三人とも、割と熱心な一年生だ。確かにその三人は最初から見かけていない。凛とはクラスが違うので、揃って学校を欠席しているのかどうかは分からない。

「あー、あたし昼間見ました、その三人」

綾乃が思い出したように言う。

「みんな学校には来てたんだ」

と驚いたように部長。

「ええ。ていうか、お昼休みに早退したみたいなんです。三人連れ立って帰るところを見たんで」

「そうなの？」

ほとんど綾乃と一緒にいたのに知らなかった凛がそう訊くと、

「お弁当食べてるとき、凛飛び出して行ったじゃん。あの後だよ」

と言われ、その時のことを思い出して一瞬焦る。

「あ、あのときね……うん」

「うちのクラス、窓から門が見えるじゃん？　出て行く人が見えたの。そしたら一人は矢《や》筒《づつ》持ってたからさ。あ、弓道部の誰かだって思って、じっと見てたの。そしたらその三人だった。うん、島さん小堀さん……それに門脇さん。うん。間違いない」

「矢筒？」

凜は疑問に思って聞き返す。審査や試合の前でもないかぎり、矢筒は普段みんな学校のロッカーなどに置いていていちいち持って帰らないからだ。

「うん。一人は絶対矢筒持ってた。門脇さんだったかな？　よく覚えてないけど。……あの時は何も思わなかったけど、考えてみたら変だよね。何だったんだろ？」

少し離れたところから見守っていた中田がじりじりと近寄り、凜たちの会話に耳をそばだてているのに気づいた。

「修理か何かで持って帰ったんじゃないの？」

これは部長。曲がったり折れたりしたジュラルミンの矢は直しようもないのだが、取れた矢尻や筈をはめなおすことはよくあるし、傷んできた羽根に湯気を当ててやるとある程度なら元に戻ったりもする。

「……だったらここでやった方がよくないですか。詳しい先輩方もいるわけだし」

一人で家でやろうと思ったにしても、羽根はそんな突然傷むものではないし、矢は六本セットだ。最低四本あれば競射もできるので、一、二本傷んだところで、放課後の練習を休んで帰る理由としてはやはり変だ。

「名探偵・篠崎凜ならどう推理する？」

綾乃が面白がって言うので、中田はスイッチを切ってぶら下げていたビデオカメラを再び起動しようとさえした。

「やめてってば。推理なんかない。……もう暗いし、さっさと着替えて帰ろ。門脇さんたちのことは、明日本人たちに聞けば分かるでしょ。さ、帰ろ帰ろ」

3

翌日から長雨が続いたが、もちろん弓道部は休みなしだ（準備体操がしにくいのと、矢取りに行くと傘を差していても袴《はかま》が濡れてしまうが）。

「辞める？」

部長が聞き返した声が大きかったので準備をしようと散らばりかけた全員がぎょっとして立ち止まり、彼らを見た。小堀若菜《わかな》と島恵里佳《えりか》が、申し訳なさそうに部長の前に立っている。どちらも背が低くリスのような印象のよく似た二人で、凜はよく混同してしまう。何となくみんな、すすっと三人の近くに集まっていった。

凜は一瞬、小堀と島が弓道部をやめるという話かと思ったが、二人は道着を着ているし、いつも一緒にいる門脇がいないことにもすぐ気がついた。

「え、小堀さん辞めちゃうの？　なんでー」「島さんも？」

口々にかけられる言葉に二人は慌てた様子で手を振り、「違うの違うの」と急いで否定する。

部長がみんなに向かって説明した。

「門脇さんが、退部したいと言ってるそうです。——そう言えば、昨日三人とも早退したってね。何かあったの？　それが関係ある？」

口調も目つきも鋭いので、何だか責めているようにも聞こえる。いつも去る者は追わずという態度の部長にそんなつもりはないのだと思うが、二人は肩を縮め、萎縮《いしゅく》しているようだった。

「えー、昨日はー、ワッキー……門脇がー、朝から具合がよくなかったんですけどー、お昼くらいにはご飯食べられないくらいになってー、小堀と二人で家まで送ったんですー」

島は小堀と何度も目を合わせながら、語尾を伸ばすような口調でそう言った。何だか打ち合わせをしてきた台詞《せりふ》のようだと凜は思った。

「それで、原因は？」

部長が訊ねても二人は困ったように首をひねり、「さあ……」と言うだけ。

「そう。何にしても退部するのなら本人に来てもらわないとね」

「今日は学校も休んでます」

と小堀。

「まだ具合が悪いの？　病院には行ったの？」

「……分かりません」

「メールとかで何も聞いてないの?」

「……」

スマホの無料アプリなどを使って連絡を取り合っている部活も多いが、弓道部はなぜかスマホを持っていない部員が多いこともあって(部長も凜も持っていない)、気軽に一斉連絡できる手段は用意されていない。色々と文句を言う部員もいるが、よその話を聞くにつけ「かえってトラブルが増えそう」という意見もあり、その方針は当分変わらないだろう。しかしわざわざ早退して家まで送ってあげるような友達同士なら電話でもメールでもやりとりしているだろうし、家まで送って行ったのにその後知らんぷりというのも考えにくい。

「そもそもどんな様子だったの?」

「……気分が悪いって」

煮え切らない返事しか戻ってこない。

「退部したい理由は?」

「……もう弓はやりたくないそうです」

門脇、小堀、島の三人は同じクラスで、高校に入ってから弓道を始めたという点でも共通していて、たいてい一緒に行動していた。凜の目には、三人の中では門脇が一番熱心で上達も早いように見えていたので、そんな理由では全然納得できない。

しかし、本人のいないところで追及しても仕方ないと思ったのか、部長はそれで切り上げることにしたようだった。

「分かりました。——とにかく始めましょ」

年々弓道部の入部希望者は他の部活に比べると多くなっている方だという。的前《まとまえ》練習のことを考えると、適正な部員数を超えてしまいそうなほどだ。しかし、幸か不幸か、意外と厳しい基礎練や、道具にかかる費用（結構馬鹿にならない）、「スポーツ」とは違う礼や着装への厳しい注意などなどに嫌気が差してやめていくものも毎年少なくない数がいて、バランスが取れている。しかし、合わないと分かってやめていくのはたいてい一学期中だ。半年間、一番辛くて地味なところを乗り越えて頑張ってきた人が、ようやく的前に立てるようになったところで「もうやりたくない」とほんとに思ったんだとしたら、何とも悲しい話だ。

みんな同じことを考えているのかどうなのか、しとしとと雨が降る中、会話も笑い声もいつもより少なめで練習は続いた。

矢取りの順番が来たのでビニール傘を差して的場へ向かいつつ、中田がまた来ているのを矢道の向こう側に見つけてイラッとする。

一体何がしたいんだろう。「翠星学園弓道部密着二十四時」とかでも作るつもりか。そんなの誰が見る？

看的《かんてき》小屋(的場の横で的中を確認する場所)の中で綾乃と控えていると、射場から大きな音が聞こえた。弦が切れたかどうかして、二年生の一人が弓を床に取り落としてしまったようだった。矢は一応前に飛んだが、矢道のど真ん中に落ちた。他には矢を番《つが》えている者はおらず、ちょうど矢取りに入るべきタイミングだ。

「矢取りお願いしまぁす!」

「入ります!」

射場と声を掛け合い、矢取りに入る。矢道に落ちたのは綾乃は嫌がるだろうと思い、凛は見当をつけて飛び出した。雨の上に暗くなってきていて、すぐには矢が見つからず、どんどん雨に濡れていく。

黒い矢羽根を見つけたと思って屈《かが》み込んだが、それは矢羽根ではなく、カラスか何かの羽根が抜けたものが一本、落ちていただけだった。拾って捨てようとしたものの、それもよくないような気がして、ちょっと泥を払って道着の腰についている小さなポケットに押し込んでおいた。

「もうちょっと前!」

植え込みの外にいる中田が声をかけてくる。指を差している先を見ると、矢はあった。

「ありがとうございます」

反射的に礼を言って矢を拾い、駆け戻ってからちょっと悔しくなった。くそ、こんなことで貸しを作ったとか思われたくない。

タオルで矢についた土や泥を落とし半分ずつ持って射場へ戻る途中、ふとある考えが浮かんで立ちすくんだ。

色んな事に説明がつく考えだ。でも想像でしかない。

「どうかした？」

「ん、うん、ちょっとね。――ごめん、お手洗い行ってくるからこれお願い」

凜は矢の束を綾乃に押しつけると、そのまま射場に入らず裏手を回ってぐるりと中田の立つ植え込みのところまで来た。

「――すみません、中田さん。ちょっとこっちに」

看的小屋から見えないよう、建物の陰から中田に呼びかけ、手招きする。

「えっ？　あれ、どうしたんですか」

中田は驚きつつも素直に来てくれたので、一つ簡単な頼み事をした。ちょっと周囲を見て回るだけのことだ。

「これをやってくれたら、昨日の記事のことはなかったことにしてあげます」

そんな上からものを言える立場かどうか自信はなかったが、中田ならやってくれそうな気がしたのでそう言った。

中田の顔にぱっと赤みが差し、

「ほんとですか。分かりました」

と嬉しそうに答えて立ち去ったので、その判断は間違っていなかったらしい。

射場に戻り、気もそぞろに巻藁をやりながら待っていると、五分ほどして中田が定位置に戻ってきた。凜が見ていることに気づくと、中田は傘を持ったまま両手で大きく丸を作ってみせる。

見つけたのだ。

思いつきは、間違ってはいなかった。

しかし、ではどうすればいいのかと考えてみて初めて、まったくノープランであることに気づくのだった。

結局あれこれ考えたあげく、練習が終わった後で部長に相談するしかなかった。

4

翌日も、門脇美智子《みちこ》は学校を休んでいた。しかしとりあえずは小堀と島を説得する必要があるだろうと部長が言うので、昼休みに時間をとってもらって弓道場まで二人に来てもらうことにした。制服のままだが、射場に入ると結局部長と二人、並んで正座してしまう。同席してもらった中田は、少し戸惑っていた様子だが、二人を見て仕方なくといった感じで正座した。

約束の時間に数分遅れて二人がやってきた。無言で頭を下げ、凜たちと向かい合うように二人並んで正座する。

「わざわざごめんなさい。用件はもちろん分かってると思うけど、門脇さんのことです」

「あたしたち、何も聞いてないんです。何か個人的なことだと思うんですよねー。あんまり無理に聞き出したくないっていうか……」

凜はふんふんと頷きながら、さりげなくポケットから矢道で拾ったカラスの羽根を取り出して、手遊びしているようにひらひらさせてみた。

話していた小堀の顔から血の気が引き、言葉が出てこなくなる。

「どうしたの、小堀さん」

部長が冷ややかに問うと、はっとした様子で小堀は隣の島の顔を窺う。島はさほど動揺しておらず、諦めたような表情をしていた。

「どうして分かっちゃったんですか」

「篠崎さんがね、矢道でこの羽根を見つけたんですって。それでもしかしたらって、近くを中田さんに調べてもらったら、植え込みの陰に掘り返した痕《あと》があったって」

昨日部長に相談した後、一緒にその痕を掘り返し、カラスの死骸が埋まっているのを確認してからもう一度土をかけてある。何とも気持ち悪かったが、しばらくは仕方ない。

「すみません！　でもワッキーが秘密にしといてって言うもんだから……ほんとすみません！」

小堀が頭を床にこすりつけるように謝ると島も一緒に頭を下げた。

「やめて、あなたたちのせいじゃない。門脇さんも、わたしたちみんなが嫌な思いをすると思ったんでしょ？」

「はい。そうです。あの子、優しい子なんです。だから弓も、もう引きたくないって……」

確かに嫌なものだろう、生き物を殺してしまうのは、と凜は思った。実際経験はないけれど、ヒヤッとすることは何度もある。雀やカラス、時には猫といった小動物が、矢道に入ってくることは珍しいことではない。

「一昨日《おととい》の朝練は、三人だけだったんですね？」

凜は想像を確かめたくて訊ねた。

島が、恐ろしい記憶を辿《たど》りながら話し始める。

「はい。篠崎さんも部長もいなかったから、あたしたちだけでした。練習始めて、結構すぐでした。ギャーッっていうものすごい声がして……。カラスの声だったのかワッキーの声だったのか両方なのか、今でもよく分からないんです。とにかくものすごい声でした。矢道に落ちたカラスはしばらくの間バタバタバタバタバタしてました。そこらじゅうに黒い羽根が舞って、なかなか死ななかった。あの光景は一生忘れられないような気がします。そうじゃなかったけど、あれはあたしの矢だったかもしれなかった。ほんとはあたしも弓を引くのが怖いんです。ワッキーに、気にしないでなんて言えない。ワッキーがほんとにやめちゃうんだったら、あたしたちも一緒にやめようかって話もしてます。でも、三人もいっぺんにやめるのはかえっておおごとになりそうな気もして、それで……」

まるでその場に居合わせたかのようにその光景が頭に浮かび、凜は心臓をぎゅっと摑《つか》まれたような思いだった。

部長も同様だったのか、しばらくかける言葉が思いつかないようだった。

やがてゆっくりと、こんな言い方もできるんだ、と思うような柔らかい口調で話し始めた。

「そうか……篠崎さんから、こういうことじゃないかって聞いたときは、正直、そんなことでって思っちゃった。カラスならいいじゃん、って。人じゃなかったんだからって。犬や猫ならともかく、カラスくらいでよかったじゃんって。ほんと、ごめんなさい。わたしが馬鹿でした」

そして深々と礼をする。

「弓をもう引きたくないって思うのも分かるし、他のみんなを嫌な気持ちにさせたくなかったのも分かります。でもやっぱり、相談だけはしてほしかった。島さんが言ったみたいに、それはわたしの矢だったかもしれないし、篠崎さんの矢だったかもしれないの。そうでしょう？　こんな事故は誰に起きてもおかしくない。誰に起きてもおかしくないってことを、みんな覚悟しておいた方がいいし、門脇さんが罪の意識や恐怖を感じるんだったら、その一部でもみんなで少しずつ背負ってもいいはずだよ。仲間なんだから」

「……はい」

島が神妙な顔つきで頷く。

「それに、何にしろ事故は起きてしまった。小さいけど一つの命が奪われた。なのにあんなところにこっそり埋めてしまったんじゃ、それこそ後ろめたくない？　みんなで、同じ罪を犯す可能性があるみんなで、ちゃんとお弔いをしようよ。その上で、やっぱり弓はもう引きたくないって思うのは、わたしたちにはどうしようもない。その場にいなかった部員にも、気持ち悪くなってやめちゃう人もいるかもしれない。でも門脇さんやあなたたちだけが嫌な思いをして、他のみんなは知らないままでいいとは、わたしは思えないの」

「……そうですね。門脇さんに、連絡してみます。もう秘密にはできないんだし、お墓を作ることには異論ないと思います。でもこれ、問題にはなりませんか？　西川《にしかわ》先生にも言わなきゃまずいですかね？」

今現在、顧問の西川先生はまったく弓道ができないので練習にもほとんど顔を出すことはない。人が怪我をしたわけではないけれど、安全管理の責任とかなんとか言い出したら、色々と面倒なことになりそうな気もする。

「……先生にはわたしから事情は説明しておきます。生徒の誰も怪我したわけじゃないですし、その場に先生がいたってカラスは救えなかったでしょう。誰も問題にする人はいないと思います」

「分かりました。……色々と、ありがとうございます。それに、すみませんでした！」

島が再度頭を下げると、小堀もそれに倣《なら》った。二人とも少し泣いているようだった。

二人が出て行くと、部長がほっと息を吐《つ》いた。彼女もそれなりに緊張していたのだなと少し安心する。

「あいたたた……」

その存在を忘れていた中田が、立ち上がろうとして見事にその場に崩れ、横座りの格好になった。

「たかだか五分くらいなんですけど？」

凛が嘲《あざけ》るように言うと、照れ隠しで笑いながら中田は言い訳する。

「いや、正座なんか滅多にしないし。……それにしても、ほんと、二人とも絵になりますね」

「は？」

何を言ってるのかと部長と二人顔を見合わせる。

「それに、篠崎さんはやっぱり名探偵じゃないですか！　誰より先に、色んな謎を解いた」

「何でですか。たまたまカラスの羽根を拾ったのがわたしだっただけですよ！」

「いやいや、もしぼくが拾っても、多分何も気がつかなかった。きっとこの周辺にカラスの死骸が埋まってるだろうってのも。篠崎さんだから気がついたんです。これは間違いない」

「——記事にはしないでくださいよ。大々的に広まったら、門脇さんが嫌な思いをするのは間違いないですから」

部長が釘を刺すと、中田は横座りのまま腕組みをして、うーんと唸る。

「まあ、しょうがないですね。いいです。この件は一切、書きません。その代わりというわけじゃないんですけど、実はお二人にお願いがあるんです」

「わたしたちに？　篠崎さんでしょ？」

「いえ、お二人に。——ぼく、今は放送新聞部ですけど、一番やりたいのは映画なんです。映画研究部があったら間違いなくそっちに入ってました。シナリオも書いてるんです。ふ、二人の美少女武道家が戦うアクション大作！……になる予定の。二人にそのヒロインをやってほしいんです。ダブルヒロイン。ねっ、いいでしょ？」

美少女……武道家？　アクション大作？

この人は何を言っているのだ。

部長はゆっくりと凜の方を向いて言った。

「じゃあそろそろ、戻りましょうか」

「……はい」

立ち上がって出て行く二人に追いすがりながら、中田は喋り続ける。

「あ、ちょっと待って。去年撮ったやつがあるんです。ここに……ＹｏｕＴｕｂｅにもアップしてあるから、一度見てみてください。本名で、翠星学園中田隆司《たかし》で検索したら出てきますから！　お二人はルックスもいいし、イメージもそれぞれぼくのシナリオにぴったりなんです。かたや非情のテコンドー使い、かたや家族を殺され復讐を誓うユタの少女」

非情のテコンドー使いは……多分部長なんだろうなあ。じゃあわたしがユタの少女？

ユタって何？

凜は怒るべきなのかと思いながらも、部長が涼しい顔で中田を無視し続けるので、それに倣うしかなかった。

「あ、ユタの少女は琉球《りゅうきゅう》空手も使える設定なんです。大丈夫です。お二人ともスタイルがよくて体幹がしっかりしてる。ちょっと型を取ってもらえれば、編集でそれっぽく見せられます。危険なこととなんかないです。――あ、もしどうしても格闘アクションが嫌だったら、弓道ものはどうですかね？　弓道もやっぱり悪くないかなーとか思ってるんです、ええ。皆さん見てるとかっこいいですしね。三十三間堂の通し矢ってあるじゃないですか？ 今やってるやつじゃなくて昔の本物の通し矢。あれの女版ってどうですかね？ 女体化……って言ったらなんかエロいか。いや、エロくはしないですからご安心を。ね、お願いします！ 本多さん、篠崎さん。お二人なら絶対スターになれますから！ ぼくを、ぼくを未来のブロムカンプに、未来の内田けんじにしてください！」

誰だよ。聞いたこともないよ、そんな人、と凜は心の中でツッコみながら前を向いて歩き続けた。

第三話　弓と弓巻き

1

成人の日、篠崎凜は弓道部部長の本多陽子と買い物に行くため、ＪＲ神田《かんだ》駅で待ち合わせをしていた。

昨日は数年来の大雪とかで都内の交通も大混乱だったようだが、とりあえず今日は快晴で鉄道ダイヤも問題なく動いていた。建物の陰にはあちこちまだ結構雪が残っていて空気も冷たいけれど、冬が好きな凜にとっては心地よいレベルの寒さだ。ボアのついたコートを着込み、マフラー、手袋、帽子の毛糸三点セットで完全防備してもいる。道着と袴《はかま》で射場《しゃじょう》に立つことを思えば全然大したことはない。

「お待たせ」

改札から出てきた部長を認めて返事をしようと口を開いたとき、その後ろに隠れるようについてくる人影に気がついた。

「……中田……さん？　なんで」

放送新聞部で二年の中田隆司。昨年来、ポスター用の写真を撮ってくれたり、見取り稽《み と けい》古《こ》用に動画を撮影して編集してもらったりと（もちろんタダで）お世話になってはいるのだが、個人的にはややそのストーカーじみた行動に警戒こそすれあまり感謝する気にはならない。中田はいずれは映画監督になりたいなどと思っているらしく、ネットにいくつか放新部員たちと撮ったらしいコントみたいな動画をアップしたりしている。凜と部長は一度、彼の持ってきたタブレットで何本か半ば強制的に観せられたことがある。演技はいかにも素人だったのだけれど、タイトルとかＢＧＭとかついてて何だかちゃんとしてるなあという印象はあったので、少し――ほんの少しだけ、感心したのも事実だ。

部長は一つ溜息《ためいき》をついて同情するように頷《うなず》いてみせる。

「部員が話してたの聞いたんだって。わたしたちが買い出しに行くって」

「いや、決して変な気持ちじゃないんです！　ただ、女の子二人だけで色々買い出しに行くって聞いて、荷物持ち兼ボディガードがいたらお役に立てるかなーと思っただけで。いやもちろんこんなですからボディガードなんて柄《がら》じゃないんですけどね。でも多分、男が一人いるのといないのとでは違うでしょ？」

色白で縁なし眼鏡、ひょろりとした身体はもちろん自分で言うとおりボディガードなんて柄じゃない。痴漢の一人や二人なら部長が冷たい目で睨《にら》んだ方が、逃げていく確率は高いのではないだろうか。実際、十六キロの強弓《ごうきゆう》を毎日数十射引いている彼女の二の腕は、中田のものより太いかもしれない。もしかすると自分のも――と凜は少し自虐的に思った。

「男の子がいた方がいいと思ったら連れてきますよ。男子部員だっているんだから」

凜は言ったが、あまり強い口調ではなかった。

確かに男子部員もいるのだが、女子に比べれば圧倒的に数が少ない。女子に交じってまったく違和感のない中性的な（というか女性的？）タイプと、やや肩身の狭い思いをしながらもよほど弓が好きなのか目立たないようにしているもう少し普通の男子。凜にはそんなふうに見えていたが、どちらのタイプの男子にも、あまり強く異性を意識したことはなかった。完全文系インドア派の中田は、見かけは決して男臭くはないし態度も紳士的ではあるのだが、何かというとすぐ凜と部長にカメラを向けてくるのがどうにも鬱陶《うっとう》しい。今も、いつでも向けられるよう、手のひらに収まるようなハンディカメラを握ったままだ。

「そ、そりゃそうですよね。でも弓具店《きゅうぐてん》ってどんなだか興味があって。そんな店があるって知らなかったから。いやそりゃ、あるに決まってるんですけど。お邪魔だったら、店だけ教えてもらったら、また今度一人で来ますけど……」

「いいよもう。追い返したりするわけないでしょ。――こっち」

部長はコートのポケットに手を突っ込んだまま、くいと頭を倒して行き先を示すと、先に立って歩き出し、飲み屋などが多く立ち並ぶ道へと入っていった。凜は歩調を合わせて横に並び、中田は背を丸めて後ろからついてくる形になった。

新入部員が道着やカケ――弽《ゆがけ》や、矢などを買う際には、一人一人寸法を合わせなければならないし、一度に何人分も購入することもあって、弓具店の人に学校まで来てもらうことが多いのだが、弦《つる》や握《にぎ》り革《かわ》といった定期的に交換を必要とする消耗品は、在庫が少なくなった時点でこうやって誰かが買いに来ることになる。凛は、カケや矢の補修、買い換えなどで一人で訪れることもたまにある。

「へー……こんなとこに弓具屋さんが？　……サラリーマン御用達って感じのとこだけど……」

祝日の昼間とあって人影はまばらなものの、確かにイメージ的には学生や女性が多く来るところという感じではない。でも、いつも駅を降りたら弓具店に一直線に向かう凛は、そんなふうにしみじみこの街を眺めたこともなかった。今日はもちろん部の仕事だけれど、必要なものを買ったら、自分の買い物もするつもりだ。そのために手つかずのお年玉も持ってきた。

歩いて数分、部長と一緒にビルの二階へ通じる階段をとんとんと上がっていく。

「えっ、こんな？　こんなとこ？　あ、ほんとだ」

中田は驚きつつもハンディカメラをビルの看板から階段を上がる凛たちの後ろ姿に向ける。「勝手に何かに使わない」という確約だけはさせたものの、逆にそのことで「撮るだけなら撮っても構わない」お墨付きを与えてしまったようなところがあり、失敗したかなとも思っている。ある程度常識はわきまえていて、女の子が嫌がると分かりそうな場面ではさっとやめたりするので、そう強く怒る気にもなれない。

とにかく普段はあまり気にしないようにして、何かあったら文句を言う、それしかない。

弓具店に入ると、買い物メモを取り出し、ワゴンに入った小物を覗《のぞ》き込み、必要なものをカゴに入れていく。一番安い弦、一番安い握り革、的紙《まとがみ》、的紙を貼るための糊……。定期的に補充しないといけないものだけでもそれくらいある。カケの指先につけて滑りにくくするギリ粉《こ》というものも必要だし、弦につけて補強するくすね（手ぐすねを引く、の語源だ）という接着剤もある。道着やカケ、弓矢といった最低限必要なものを揃《そろ》えた上に、さらにその活用、手入れに様々な道具が必要となるのが弓道なのだ。とにかくお金がかかる。

リストに書かれたものを一通りカゴに入れた段階で部長と二人で確認しあい、一旦《いったん》部費の中から精算してもらう。

後は自分の買い物だ。

まずは二人ともやっぱり弓を眺めてしまう。壁一面にずらりと並んだぴかぴかの弓は壮観だ。安いグラスファイバーのものから高級な竹弓まで。

凜は既に弐段の審査を通り、参段も二度挑戦しているくらいなので、大学生、社会人なら自分の弓くらい買っていてもおかしくない。ただ、まだ高一ということもあり、自分の弓など贅沢《ぜいたく》だと言われたらその通りだし、また、今よりさらに身長が伸びるのなら「並」ではなく「伸び」と呼ばれる少し長めの弓の方が身体に合うことになる。強さにしたって、今引いているのと同じでいいのか、もう少し強くした方がいいのか等、悩むことは色々とある。

「いよいよ買うの？」

身長も高一の時点で既に百六十五センチあったという部長は、二年になったときに今使っている伸びのカーボン製の弓を買っている。学校に置いてあるグラスファイバー弓より少しいいもので、多分五、六万はするやつのはずだ。凜も、もし自分が買うならそのあたりの価格帯だなとは思っていた。竹とカーボンを合わせたやつだの、名人が作った竹弓だの上を見たらキリがない。一応掻《か》き集めて六万円は持ってきたが、買うかどうかはやはりまだ決めかねていた。

正月に母親に相談したら「あなたの貯めたお金なんだから自分でよく考えて決めなさい」と半ば突き放すような返事。「持ってたってどうせ弓にしか使わないんでしょ？　たまには可愛《かわい》い服でも買って来たらお父さんだって喜ぶのに」などと思いもしないことを言われ、ぽかんとするしかなかった。

「どうしたらいいと思いますか？」

ずらりと並んだ弓の列を見渡しながら言うと、よほど困ったような表情だったのだろう、部長は少し笑った。

「篠崎さんでも悩むことあるんだね」

「えっ。そんな。わたし悩みっぱなしですよ。――先輩は、やっぱ買ってよかったですか、弓」

「そうだね……。最初強い弓にしすぎたかなってちょっと焦ったこともあるけど、今はしっくり来てる。自分の弓だと思うと愛着も湧くし、道具を大事にするようになったかな。道具の勉強もやっぱ大事だなって思うようになったし」

「なるほど」

もちろん部の備品だからといっても、基本在籍中は一人一張りを割り当てられて、弦や握り革を替えたりある程度管理も自分でするわけだし、雑に扱っていいというものではない。でもたいてい新品ではないし、初心者用の弱いものから始めて少しずつ強い弓力《きゆうりよく》のものに替えていくので、愛着が湧く間もない。同じくらいの強さの弓を引いてる同士なら貸し借りしあうことも当然ある。自分だけの、新品の弓というのにはやはり憧れる。

その点、中学から一緒に弓道部にいる森口綾乃などは割り切ったものだ。高校を出てまでやるかどうか分からないから別に自分の弓なんかいらない、という。弓力も、比較的たくさん置いてある十キロから、強くする気もないようだ（筋肉がつくのも嫌だそうだ）。

長いつきあいではあるけれど、こと弓に関しては部長との方が断然話が合うし、ためになる。まだ聞いたことはないけれど、部長はきっと凜同様大学へ行っても続けるつもりだろう。

「竹弓、買っちゃう？」

部長は、近くにあった竹弓を冗談めかして指さしたので、つい値段に目が行く。十二万円。

「冗談でもなんか心臓に悪いです」

高段者はみんないつかは竹弓を使うようになるし、当然長所もあるのだろうけど、基本的に初心者、低段者が使うものではない。メンテナンスという意味でも射においてもデリケートな扱いを必要とする——ものであるらしい。竹弓は「育てる」ものでもあるというのはよく聞く。下手な射、雑な扱いを続ければねじ曲がっていくし、気温の変化にも敏感だ。また、あくまで元が自然物で一張り一張り職人が作るものである以上、どうしても当たり外れもあるという。家電製品のような保証もない。十数万はたいてもすぐ駄目にしてしまうかもしれないというのでは、大金持ちの娘でもない一高校生がうかつに手を出していいようなものではないのだった。

「じゃあやっぱり、このあたりかな？」

本多先輩はそう言って、カーボンの並んでいるところへ移動し、買うかどうかも分からない弓選びにつきあってくれる。

「君、さっきから何してんの」

怒気《どき》を含んだ声に振り向くと、少し離れたところでカメラを持った中田が店員に詰問されているのが見えて慌てた。

「あ、いや、ぼくはその……翠星学園放送新聞部のものでして……」

凛は舌打ちすると、急いで弓コーナーを離れ、中田のところへ飛んでいった。

「あ、すみません。この人、うちの弓道部の取材をしてまして。わたしたちを撮ってたんです……多分。最初にお断わりしておけばよかったですね、すみません。撮影、まずいですか?」

「弓道部の取材。あ、そう。いや、別に構わないよ撮影は。なんか……客には見えなかったもんだからね。いいよいいよ、好きにやって」

女子だからか顔を覚えられているのか、凛たちの連れだと分かると急に店員は安心した様子で笑顔になり、店の奥へ引っ込んだ。

「……もう。挙動不審なことしてたんじゃないんですか」

横目で睨みつけると、中田はさらに恐縮した様子で何度も頭を下げる。

「ごめん。そんなつもりなかったんだけど、つい興奮して」

「何に興奮するんですか。弓も道具もいつも見てるじゃないですか」

「いや、だって壮観じゃない！　こんなにずらっと弓が並んでるのなんて初めて見たし、なんか匂いも独特」

　中田は鼻をくんくんさせた。

　カケは鹿革でできているし、握り革も多く並んでいるからその匂いのことだろうか。凜はもうこの匂いが身体に染みついているのではないかと思うほど毎日接しているものだから、もはやあまり感じなくなってしまっているようだ。

「とにかく、変なことしないでくださいよ。学校の評判だって悪くなる」

「すみません、すみません」

　ひょこひょこと長い身体を折り曲げるように頭を下げる。

「わたしたちから、離れないでください」

「い、いいんですか？　お邪魔かな、と思って……」

　邪魔だけどさ、という言葉は飲み込んだ。

　弓のコーナーへ戻ると、こちらの様子を窺っていたらしい部長が眉を軽く上げて様子を訊いてきたので、「大丈夫です」とだけ言い、それだけで再び弓選びに戻った。

　しばらく大人しくついてきていた中田が、仲間に入りたくなったのか話しかけてくる。

「そ、そういやお二人は『アイコ十六歳』っていう映画観たことありますか？　弓道部の女の子たちの話なんですけど……」

「ああ、聞いたことある。先輩で、小さい時あれ観て弓道部に憧れたって人、いた。わたしは観てないけど」

意外なことに部長がぱっと振り向いて答え、凜は黙って首を振った。噂には聞いているけど、昔の映画らしいのでよくは知らない。

「ほんとですか！　もったいないなあ。いい映画なのに。富田靖子《とみたやすこ》のデビュー作でね。可愛いんですよ。またこの監督の人もデビュー作で二十三歳。少女を撮るのがうまくてねえ。可愛い女の子が出てくる映画をたくさん撮ってて……あ」

中田は突然、しまったというように口を閉じる。

「何？」

凜は思わず訊いてしまった。

「い、いや、何でもないです」

「何でもないことないでしょ。気になるじゃないですか」

しばらく困ったようにしていたがやがて渋々といった様子で再び口を開く。

「いやだから、ぼくもそんな映画が撮りたいなーって話ですよ。お二人……せめてどちらか一人でも出てくだされば、すごくいい映画が撮れると思うんです」

またその話か、と部長と顔を見合わせ、一緒に首を振り、再び弓に向かう。

「また無視ですか！　今も言ったでしょう？　『アイコ十六歳』で弓道に憧れた人が、きっと日本中にたくさんいたんですよ。分かります？　映画には、そういう効果があるんですよ。『キャプテン翼』でサッカー選手に憧れた選手がワールドカップ日本代表になったりとか……誰か忘れたけど」

「『キャプテン翼』は漫画でしょ。それに、なんにしたってヒットしてたくさんの人が観たから中には影響を受けた人もいたってことじゃないの。中田さんが映画を撮ったとして、誰が観てくれるんですか？」

「ＹｏｕＴｕｂｅに上げたら、世界中の人が観てくれますよ！」

「中田さん、何本か上げてましたよね？　どれくらい観られてるんですか？　千？　一万？」

「……いや……今はまだ、そんなには……」

「何回？」

凜はあえて意地悪く追及した。

「二百……は超えたかな……まだかな……全部合わせて」

凜は部長と顔を見合わせる。

「ちょっと待って、だからこそ、だからこそなんだって！　正直、ちゃんと観てもらえれば今までのだって結構面白い動画もあると思うんだ。でも、強い〝引き〟はないんだよね。誰が撮ったか分からない五分の短編映画と、数十秒のどこの国のかも分からない猫動画があったら、どっち観る？」

引っ込み思案とも見える中田だが、一旦自分の言いたいことを言い始めるとテンションが違う。

「……猫」

「猫だね」

二人して頷いた。

「でしょ！　シナリオにも撮影にも自信あるんだ。でもみんなの目を惹《ひ》くような可愛い動物もスターも出てない。可愛い女子高生が弓道着姿でアクションしたら、絶対みんな観てくれるんだって！　間違いない」

「わたし別に可愛くないから。篠崎さん、出てあげたら」

部長がニヤニヤしながら突然裏切ったので、凛は唖然《あぜん》とした。

「え。いや、わたしだって可愛くないです。出ませんって」

「そんなことない。篠崎さんが新歓でいいとこ見せてくれたら、男子も女子も参っちゃうと思うよ」

「そんなこと言うんだったら、去年の先輩、めちゃめちゃかっこよかったじゃないですか！　わたしの周《まわ》りにいた男子、結構騒いでましたよ」

「やめて」

部長は本当に嫌そうな顔をする。

「まあまあ、二人とも謙遜合戦なんかやめてください！　本多さんと篠崎さんはタイプは違うけど、どっちも間違いなくスター性のある美女、美少女だってことは、ぼくが保証します」

「あんたに保証されても嬉しくない！」

一喝した部長と同じことを凜も心の中で思っていた。

ひいっと首をすくめていたが、中田はこの件に関してはまったく引く気はないらしい。

「じゃ、じゃあこうしましょうよ。ぼくが今考えているプロジェクトの、予告編になりそうな短い動画を撮らせてください。これまで撮ったものもうまく使って、新たな撮影は最小限で済むようにしますから。それをアップして、すごーく注目を集めたら、本編を撮る。ね？　悪い話じゃないと思いません？　新歓の時のオープニングに流したら絶対受けるような映像にしますよ。評判になったらクラウドファンディングにしてもいいな」

新入生勧誘の時、ビデオを流すのはどこの部でも最近はやっている。でももちろんそれは普段の練習風景が分かるように淡々と撮影したものであって、映画の予告編のようなものなんかではない。

「そんなの、許可が出るかどうか分かりませんよ」

「いや、別に学校で流せなくてもいいんですよ。ポスターにＱＲコード入れておけばいい話で。早めにアップしておけば入学前から見るやつだっているかもしれない。ね?」

まったくああ言えばこう言うで、とてもじゃないが凛には理屈で対抗できる相手ではなさそうだった。しかもクラウドなんとかだのQRコードだの、それが一体何のことかも分からない。

結局この日、凛は自分の買い物として、的の形をしたキーホルダーを一個買って帰った。

2

「今日大寒《だいかん》だってー」

「寒いわけだよ」

朝から何度も聞いた会話。凛もついさっき同じことを言った気がする。

とにかく寒い。小さな射場はほぼ吹きっさらしで、屋外にいるのと変わらない。雪は降っていないけれど、陽はまったく顔を出さないし、冷たい風が吹き抜けると体感は完全に氷点下だ。

袴《はかま》の下にはタイツと毛糸のパンツ、レッグウォーマーをして、五本指の靴下の上に冬用の足袋《たび》を履いているけれど、じっとしていると足先から段々感覚がなくなるほど冷えていく。道着の下には長袖の発熱下着を着ているけれど、汗をかかないのでさほどの効果は感じられない。お腹と腰には貼るカイロ。時々弓手《ゆんで》の指を道着に突っ込んでカイロで融かすように温めなければ、かじかんで思うように手《て》の内《うち》も作れない。

小さい赤外線ヒーターが一台、玄関近くに置いてはあるのだけれど、前に立っている間少し暖かいだけでそれ以上の効果はない。

しかしぶつぶつ文句を言いながらもみんな、休まず練習には出てくるし、寒い寒いと言っているその顔は何だか嬉しそうだ。高校を出たら続ける気はない、と言っている綾乃でさえ。

楽しい。

もちろん寒くはない方がいいけれど、みんなと弓ができるこんな時間がずっと続けばいいのにと凜は思った。

なぜかいつになく感傷的になっている。もしかしたら昨日、先日中田の言っていた『アイコ十六歳』をレンタル屋で借りてきて観てしまったせいだろうか。自分のことだと、この日常がいつまでも続くような気がするのに、映画や写真の中の少女たちはなんだかとても儚《はかな》い存在のように見える。いや、もちろんこんな日々が永遠じゃないことなんか、分かってはいるのだけど。

そして今、凜は恐る恐る、高級な竹弓を使って的前《まとまえ》に立とうとしていた。部長が、時々教えに来てくれていたOGの一人から借りてきたのだという。大学を出てすぐ結婚したものだから、もうまったく弓は引かなくなっていて、宝の持ち腐れ状態らしい。使わないで放置しておくのは弓にとってもよくないことだし、何張りか、そういう形で寄付していってくれるOB・OGはいるけれど、カーボンとか竹カーボンばかりで、竹だけの竹弓は初めてだ。これの持ち主も、貸してもいいけど寄付する気はないのだという。何年も使った弓に愛着もあるのだろう。今日は初段以上の部員で希望者だけ一手《ひとて》ずつ引いてもいいということで、部長の次に引かせてもらった。

巻藁《まきわら》で試した感じでは、驚くほど軽く、強さも十五キロといつもより強めなのに意外と楽に引け、大きく弓返《ゆがえ》りして澄んだ弦音《つるね》が響いた。でも、巻藁でできても的前で同じことができるとは限らない。

いつになくどきどきしながら的前に立って引いてみた。甲矢《はや》は惜しくも外れたものの、乙矢《おとや》は小気味いい音を立てて的中した。しかも、会《かい》の姿勢を保つのが何だか楽だ。

「どう？」

弓を返しに行くと、部長が訊ねてきた。

「……なんて言うか……すっごくいい感じでした。柔らかくて、軽くて……こんなに違うんですね」

「でしょ？　わたしもそう思った。グラスともカーボンとも違うねー、やっぱり」

「……買います？」

先日の仕返しとばかりに言ったが、部長は真面目《まじめ》な顔で、

「大学行ったらね」

と答えた。

やっぱり部長は弓を長く続けようと思っているんだと分かり、凜は嬉しくなった。

「わたしはマイ弓一号、まだまだ可愛がってあげないとだし」

部長はそう言って次の希望者に弓を渡しに行った。

「最近、本多先輩と仲いいんだね」

いつの間にかすぐ背後に立っていた綾乃が少しすねたように言う。

「仲がいいとか、そんなんじゃないよ。綾乃は弓の話、そんな楽しそうじゃないから」

「……どうせ……」

ぶつぶつっと独り言のように呟《つぶや》きながら綾乃は離れていったので、何を言ったのか分からなかった。少し気になったものの、練習を続けるうちすぐに忘れてしまった。

凜は竹弓の後、使い慣れたグラス弓に戻って二手《ふたて》引いたが、一本しか中《あ》たらなかった。

何だか調子が狂う。急にいろんな事を道具のせいにしたくなったが、いや待て待て、先生も「まずは正しい射を心がけなさい」と言ってたじゃないか、と反省する。

大量生産品だけに、グラスやカーボンの方がある意味間違いはないはずなのだ。上手《うま》く

引けないならそれは自分のせいだ。他人の竹弓でたまたまうまく引けたような気がするからといって、グラスで同じ射ができないのならそれは正しい射ではないのだ。多分。凜はそう自分を納得させたが、新しい弓が欲しいという気持ちが高ぶるのは抑えられなかった。

竹弓が一通り希望者に回ったところで、部長は持ち主のものらしい臙脂《えんじ》色の弓巻《ゆみま》きを巻いていく。

凜たち中高生は通常、弓袋《ゆぶくろ》という細長い袋に弦《つる》を外した弓をすとんと入れて持ち運びするのだが、審査などで見かける一般の人は弓巻きを使っていることの方が多い。弓巻は一見ただの細長いベルト状の布だ。幅十数センチ、長さ三メートル弱の布を弓に沿って斜めに少し重ねながらぴっちり巻き付けていく。面倒そうだけれど、逆に何だかかっこよく見えるし、色んな柄があってお洒落《しゃれ》なものも多いし、弦をよけて巻けるので一々《いちいち》弦を外さなくてもいいという利点もある。丸めてしまえば弓袋よりかさばらない。凜は巻いたことがないけれど、部長は自分のカーボン弓にも使っていることもあって手慣れた様子だ。

自分も弓を買ったら、弓巻きを使いたい。そんなふうに思う凜だった。

射手越しに射場の外を見渡すと、植え込みの外からカメラを構えている中田が目に入った。毎日ではないけれど、二日に一回くらいは来ている感じだ。他の仕事もありそうなものなのに、よくこの寒い日にあそこでじっと立っていられるものだ。その情熱に少し感心しないでもなかった。あの『アイコ十六歳』という映画を撮ったのも若い監督だったと言っていた。凛には映画を撮りたいと思う人の気持ちが今ひとつぴんと来なかったのだけれど、何となく自分の弓に対する想いとそう変わらないのかもしれないと思った。理由など説明できないし、他人に分かってもらうのは難しい。

少なくとも中田は、当初警戒したように凛や部長に対するよからぬ下心のようなものはほとんど持ち合わせていないように見える。二人に対し、どこかへ遊びに行こうとかお茶しようなどと言ったこともない。ただひたすら映画、映画、映画だ。うんざりするけれど、その情熱は認めざるを得ない。

六時近くなり、辺りがすっかり暗くなった頃、部長が眉根を寄せて射場を急ぎ足でうろうろし始めた。いつも落ち着いている部長のただごとではない様子に部員が一人ずつ気がつき始めて、全員動きを止める。

最後の一手《ひとて》、と思って射位に向かいかけた足を止め、凛は声をかけた。

「……部長。どうかしましたか？」

「うん……いや……大丈夫。練習続けて」

部長は生返事をすると、立ち止まって唇に手を当てて考え込むような仕草をし、その場でゆっくりと射場から的場《まとば》まで三百六十度——いや、二百七十度くらいか——ぐるりと見回した。とても大丈夫とは思えず、みんな練習どころではない。

「どうしたんですか？」

凜は執り弓《とゆみ》の姿勢をやめ、弓を立ててもう一度訊ねた。

部長は真剣な顔つきで、見つめる部員たちの顔を見回し、申し訳なさそうに言った。

「——弓が……増田《ますだ》先輩から借りた竹弓が、見当たらないんだけど。誰か知らない？」

はっとして壁の弓立《ゆみた》てを見る。ついさっきまであったような気がする臙脂色の弓巻きを巻いた弓が見当たらない。周囲を見回すが、もちろん誰も竹弓は手にしていない。

「その辺に……置いてましたよね？」

凜は弓立てに近づき、記憶を呼び戻しながら指さす。

「うん。それから触ってないんだけど……ほんとに誰も知らない？」

全員、お互いの顔を見合わせながら黙って首を振る。

異様な雰囲気を感じたのか、矢取《やと》りに行っていた数人の部員も小走りに戻ってきたので
部長が同じ質問を繰り返したが、誰も知らないようだった。部員の人数を凜が必死になって数えていると、いつの間にか矢道《やみち》から靴を脱いで射場の中に上がってきていた中田が後ろから「十九人。最初からいた人数と変わってないよ」と言ってくる。

「ほんと？　誰もいなくなってないってこと？」

この寒さだ。トイレに行くものもいるだろうし、早退する子がいてもおかしくはない。

「うん」

見ると、中田は今もまたハンディカメラを使い、凜や部長、不安そうな部員たちの顔を撮影している。

「みんな、心配しないで。ちょっとこの周りを探してみる。何かその……間違いがあったのかもしれないし」

部長はそう言ってサンダルを突っかけ、玄関から射場を出ていった。二人の部員が後を追ったので、三人がぐるりを回ってくるのを待ちながら、残りの部員はもう一度射場の中のどこかに竹弓が紛れ込んでしまっているのではないかと調べた。巻藁の裏、弓立て、矢《や》筒《づつ》と靶が集められた一角……一目見てありそうもないと思えるところまで全部ひっくり返したが、竹弓の痕跡はまったくない。凜はふと思いついて射位に戻って膝を突き、端から顔を出して床下を覗き込んだ。駄目だ。真っ暗で何も見えない。

「はいこれ」

中田が、ライトのように光らせた自分のスマホを差し出してきた。

「……どうも」

スマホを受け取り、それで床下を照らしてみた。

コンクリートの上に、何本もの柱が立っていて、それが射場の床を支えているようだ。ちゃんと覗くのはもしかすると初めてかもしれない。風で吹き飛ばされた落ち葉やゴミのようなものが少し落ちているのが見えたが、奥の方まで照らしても、弓のような大きなものがないのははっきりしていた。ここにもない。

サンダルを持ってきて矢道に降りると、スマホで照らしながら芝の中に落ちていないかどうか、無駄と思いつつ確認した。みんなずっとこっちを向いて矢を射ていたわけで、どう考えてもこんなところに落ちているわけがない。それでも一応、明かりに照らされている的場の近くまで行き、戻ってきた。

もし誰かが何らかの理由で射場の外へ持ち出したのだとしても、全員が今ここにいる以上、この弓道場周辺にあるに決まっている。そしてもちろん、弓道部員以外の人間が射場に入ってくれば、誰だってすぐ気がつく。いくら同じ道着、袴姿だったとしてもだ。

「ありがとうございました」

ともう一度ちゃんと礼を言ってスマホを中田に返すと、部長たちも戻ってきたところだった。

黙って目で問いかけると、三人とも首を横に振る。

竹弓が一張り、この弓道場から完全に消えてしまったということだ。

3

とりあえずは一旦後片づけをして、射場のシャッターも閉め、全員中で正座をして国旗に向かって礼をし、「ありがとうございました」と声を揃えた。いつもなら、何も伝達事項がなければ、これで解散になるところだ。

しかし全員が弓立てに弓を置いた状態で、最後にもう一度竹弓がないことを部長は確認せずにはいられなかったようだった。

「……皆さん、ごめんなさい。わたしの不注意で時間を取らせてしまって。どうしてかは分かりませんが、先輩の竹弓が消えてしまったことは事実のようです。もしあの竹弓を、もしくはあの弓巻きを覚えてるなら、少し気にかけておいてください。どこかから出てくるかもしれませんしね。分かってみればなあんだって話かもしれません。よろしくお願いします。それじゃ」

部長はそれで話は終わりと言わんばかりに頷いたので、一同少し困惑しながらも帰り支度のために立ち上がった。

「ちょっと待ってください、部長。いいんですか、みんな帰っても」

凛は慌てて声をあげた。

「いつまでも引き留めても仕方ないでしょう」

「ずっと出てこなかったら……どうなるんですか」

「とりあえず、先輩のところへはわたしがお詫びに行きます」

「いえ、そうじゃなくて……警察とか？」

「警察？　中古の竹弓を盗まれましたって？　誰も盗めたはずがないのに？」

「それはそうなんですけど……」

みんなそれで納得したのか、次々と荷物を持って射場を出て行く。

そんなみんなの様子をまたしても中田がカメラで撮影していることに凛は気づいた。

——そうだ。あの中に。

凛はほとんど走るように中田に迫り、

「ちょっとそれ、観せてもらえますか」

と手を出した。

「え？」

「ずっと、撮ってたんでしょ。弓がいつなくなったのか、誰かが持っていくところが映ってるかもしれないじゃないですか」

「篠崎さん」

部長が凛の肩に手をかけ、小さな声で言う。

「分かったから、それはゆっくり後で観ればいいんじゃない？　もう遅いし」

「でも……」

「みんなが竹弓をどこかに隠してるように見える？　ボキボキ折って鞄に、とか？　さんざん探して見つからなかったんだから、帰ってもらうしかないでしょう。ビデオがあってよかった。もしそれで、誰が持っていったのか分かったら、その人だけを呼び出して話を聞きましょう」

　確かに、部長の言うことの方が正しい。誰かが持っていったのには違いないが、理由も聞かずにみんなの前で泥棒扱いするわけにもいかない。少し帰宅が遅くなるけれど、近所のファミレスでビデオを観ながら検討しようということになった。

　着替え終わってから更衣室前で待っていてくれていた中田、部長と合流すると、綾乃もつまらなそうに立っていた。

「これからどこか行くの？」

「うん……ちょっと」

　ちらっと部長の方を窺《うかが》うと、

「森口さんもいてくれた方がいいかも。色んな意見があるだろうし」

　と言ってくれたのでビデオのことを説明して、一緒に来るかどうか訊ねた。

「……行ってもいいですけど」

というわけで、四人で連れ立って学校を出ると、国道沿いのファミリーレストランに入った。そろそろ夕飯時で満席になりつつあるところだったが、滑り込みでテーブルを確保できた。ドリンクバーを頼み、各自ココアや紅茶などをとってくると、今さらながら冷え切っていたことを思い出し、手と身体を温める時間が必要だった。

向かいに座った中田が、ハンディカメラの小さな液晶モニターを見ながら、色々と操作している。新しいファイルから遡《さかのぼ》って観ているようだ。

「あ、ほら、これ観てください」

そう言って凜にモニターが見えるように向ける。

自由練習をしているところで、結構な人数が射場にいるおかげで後ろの弓立てがなかなか見にくいが、人が動いていくとその隙間に臙脂色の弓巻きをした弓が立てかけられているのがはっきりと分かる。

「この時はまだあったんだ。ね？　で、この次のファイルを観てみて。もうなくなってる」

撮影をストップするごとにファイルが分かれているようで、サムネイルの次のファイルを再生していくと、ほぼ同じ角度から撮影しているにもかかわらず、弓立てに臙脂色の弓巻きがないことが分かる。

二つのファイルの時間を見比べれば、いつ頃なくなったかは分かる。しかし、ちょうど誰かが弓を持ち去る場面は映っていない、ということでもある。

「なんでこの間撮ってないんですか！」

理不尽と分かっていて凜はそう口にせずにはいられなかった。

「ご……ごめん。ちょっとトイレに行ってた時かな？　時々場所も移動してたし」

サムネイルを見ただけでも、中田が凜と部長を中心に撮影していることは分かる。二人ともが射場にいる時は射場を撮影しているけれど、どちらかが矢取りに行ったりすればそっちを向いていることもあるし、ズームも多用している。弓立てを中心に撮影しているわけではないのだ。射場より低い地面からアオりながら撮影しているのもなかなか後ろの弓立てが映りにくい要因だ。

「何か気になったことはないの？　あんな目立つ色の弓巻きを巻いた弓を持っていく人がいたら、気づくよね、普通？」

「そんなこと言ったら、みんなぼくよりずっと近くにいたわけでしょ？」

「ううん。わたしたちは的場を向いてることの方が多いもん。それに、近くだからこそ見えにくいってこともある。中田さんは少し離れたところから全体を見てたわけだから、変な動きがあったら真っ先に気づくはずなの」

同意を求めるように部長と綾乃を見ると、考え考え頷き「そうかも」「そうだね」と言う。

「うーん……そう言われてもね。さっきも言ったように、トイレにも行ったし、的場を見てたのかもしれない。とにかくあの目立つ色の弓……巻き?だっけ? あれ持って歩いてる人なんか見てないよ」

弓道場は学校の南の端にある。トイレに行きたくなったら、更衣室を越えて校舎のところまで戻らなければならない。男子はそれほどでもないのかもしれないが、特にこの冬場の完全防備の時に、女子弓道部員にとっては袴姿でトイレに行くというのはなかなかに面倒なことだ。寒いからこそ急に行きたくなったりすることもあるわけで、この季節毎回数人はトイレに走るものだ。

しかし、女子でもなければ袴姿でもない中田にとっては、ちょっと歩けば済むことで、さほどの時間はかからなかったろう。そしてもちろん、中田がいなかったとしても、たくさんの部員が常に弓立ての近くにいたわけで、誰にも気づかれずに竹弓を持ち出すことがどうやってできたのか、さっぱり分からなかった。

部長と綾乃の手を経て戻ってきたビデオを、凛はもう一度確認してみた。

はっきりと臙脂色の弓巻きが映っているビデオファイルの録画開始時刻がサムネイルの下に出ている。17:35:05――五時三十五分。そのファイル自体の録画時間が五分強なので、五時四十分頃までは、弓が弓立てにあったことは確認できる。そして、弓が消えている次のファイルの録画開始時刻が 17:45:32――五時四十五分。わずか五分の空白だ。数学の苦手な凜だがそれくらいは計算できる。

「ちょっともう一回観せてくれる？」

隣の綾乃が何か思い出した様子でカメラに手を伸ばす。渡してやると、二つのファイルを再生した後、「あーやっぱり」と呟いた。

「何が？」

「ほら、ここ見て。こっちの動画ではあたし、ここにいるでしょ。玄関の近く。こっちの動画でもそうなんだ」

画面の中にずっと映っているわけではないが、確かに綾乃の言うとおり、彼女はどちらの動画でも玄関近くで弓を立てたままじっとしている様子だ。

「ちょっとさ、サボってたんだよね。寒いし。ヒーターの前に立ってたわけ。しばらくじっとしてたから、この映ってない間も、ずっといたよ、確か」

悪びれもせず言うが、そのことの意味が今ひとつ凜には分からなかった。他の二人もそうだったのだろう、その反応を見て綾乃は続けた。

「だからー、あたしは玄関にいて、射場全体を見渡してたわけ。ていうことはね、玄関とか、あるいは反対に矢取り道の方からでも、誰かが弓を持って出入りしたら絶対あたしが気がつくってこと。ね、そうでしょ？　少なくとも言えるのは、この間あたしの横を通って玄関を出入りした人は誰もいないし、矢取りに行く人はもちろんみんな手ぶらだから誰も弓なんか持ってなかったたってこと。竹弓にしろグラス弓にしろ、もし持ってたら、あれっ？て思ったはずだもん」

横長の小さい射場に出入りする方法は三つある——というか三つしかない。上座側の玄関。下座側の矢取り道へ出る口。それと、矢道に降りてしまう方法。矢道に降りる方法は気づかれないわけがないので論外だ。とすると、弓を盗んだ犯人は——とりあえずそう呼ぶとして——玄関か、矢取り道へ出る出口のどっちかから出るしかないのは当然だ。でも、その二つの出口とも、弓を持って通った人間はいないと綾乃は断言する。

「でも……そんなのおかしいじゃん。ここに確かに弓はあったわけでしょ？　次のファイルにはない。だから当然その間に盗まれた——持ち出されたわけじゃん。綾乃だって、ちょっと目を逸《そ》らした時があったんじゃない？　それか、別の時と勘違いしてるのか」

「うーん……だって、何度もサボってたわけじゃないからね。この時だけだよ。よそ見してたかもって言われたらまあ絶対とは言えないけど……でもさ、玄関には見るものないから、後ろ向くことはないしね。大体同じ方向《む》いてたよ。ちょっと誰かとか、的に注意が行くことはあっても、弓持って出ていく人に気づかないほどじゃないと思うけどなあ」

自分がもしあそこに立っていたら、と凜は想像してみた。足元にはヒーター。離れたらほとんど効果はないので、じっとしている。ボーっとしていたにしろ、見るものといえばやはり射手だろう。あの位置から何となくみんなの射を見ていれば、矢取り道へ出入りする人を見逃すことは難しい。

「どういうこと……？」

凛は混乱してそう呟くことしかできなかった。ビデオを観れば何か分かるはずだと思ったのに、逆にますます弓の盗難は起こりえないことが分かっただけだった。

「……とりあえず、今日はもう帰りましょう。時間も遅いし」

部長が厳しい顔つきでそう言った。

「え。でも、これって――」

「いいから。あんなものが消えるはずないんだから。どこかにあるんだから、きっと出てくる。ここでビデオを観てたって仕方ないよ」

「あ」

中田が何か思いついた様子で足元に置いた鞄から大きめのタブレットを取り出し、何かを見始める。

「何？　どうしたの？」

立ち上がって上から覗き込もうとしたが、角度的にうまく見えない。

「ああ、うん、そっか……ほら、これ見てみて」

そう言って薄いタブレットを、テーブルの真ん中にぺたりと置いた。三人が見やすいよう、綾乃の方を向いていて、凛と部長は横から覗き込むような形になるのは仕方がない。

弓の写真と時間、金額のリストが並んでいるようだった。

「オークションサイトで、中古の弓の出品があるかどうか覗いてみたんだけど……結構あるね。オークション終了してるやつ見てみたら分かると思うけど、五万とか六万とかで落ちてるものもあるよ、ほら」

自分のパソコンもスマホもないし、こういうサイトを見たこともなかったのでちょっと驚きではあったが、それが何だというのかよく分からない。部長も綾乃も同じような気持ちだったらしく、反応は薄い。

中田は舌打ちして、

「分かんないかな。よく高級自転車とか盗まれて、オークションで売られてるの、知ってるでしょ？　知らない？」

と三人を見回す。

「え……売るために盗んだんじゃないかって……そういう意味ですか？」

「そういうやつも世の中にはいるって話。いやもちろん、単にあの弓が欲しかったって可能性もあるけどね」

「凜、あの弓相当気に入ってたみたいだね」

綾乃がどこか寂しげな口調でそんなことをぽつりと言ったので、凜は驚いた。

「すごくいい感じだなって思ったよ。何で今そんなこと言うの？」

「……別に」

そう言って顔を背《そむ》け、空になっていたカップを持ってドリンクバーへ立った。

――わたしが盗んだって言いたいの？　違うよね？

綾乃が立たなければ言っていたであろう言葉を飲み込んだ。

「あ、篠崎さんが弓を盗めたはずはないです。撮ってない時でも大体篠崎さんのこと、見てましたし」

中田はよく考えると気持ち悪いことを悪びれずに言う。じろっと睨みつけると驚いたように目を丸くする。

駄目だこいつ。

コーヒーを入れて戻ってきた綾乃に、

「中田さんが、わたしはやってないって証明してくれたよ」

と言うと、彼女は興味なさそうに「ふーん」と言って肩をすくめただけで、つまらなそうにコーヒーに砂糖とミルクを入れてかき混ぜ始める。

なんかむかつく。こんな子だったっけ？

「あ、それとですね。もし、もしですよ、ネットオークションで売り飛ばすつもりで盗んだんだとしたら、いくつかのサイトをずっとチェックしてれば、必ず出てきますよ。ね？　それでもしまさにあれと同じ弓が出てきたら、それを競《せ》り落とすんです。そうすると発送者の住所が分かるんで、警察に行けばいい」

「え。お金払うの？　盗んだやつに？」

「……とりあえずです。そこはまあ、仕方ないんですよ。後で返してもらうしかないです」

「……もし、盗まれた弓と違ってたら？　それとか、同じかもしれないけど、まったく同じだって証明できなかったら？」

「その場合は……難しい……かな。少なくとも中古の弓は一本手に入りますけど。写真とかあればいいんですけどね」

竹弓は一張り一張り違うといったって、銘が同じものはたくさんあるし、見た目でそうそう大きな違いはない。特徴的な傷とか、握《にぎ》り革《かわ》がそのままになってるとかでないかぎり、同一の証明は難しいのではないだろうか。犯人があまり頭のいい人間でなければいいけれど……。

「指紋とか残ってたら確実ですけどね。犯人のじゃなくて、篠崎さんたち弓道部員の指紋」

「さすがに出品する前に、きれいに拭くんじゃない？　こういうの、商品をよく見せようとするもんでしょ」

部長が久しぶりに口を挟んだ。

「とにかく、わたしの考えは同じ。ビデオを観ても何も分からなかった以上、少し待ちましょう。ね？　じゃ、わたしは帰ります」

「あ、じゃあたしも」

お金を置いて立ち上がった部長に、綾乃も続いて出て行った。飲みかけのコーヒーを残して。

二人が入り口を出て行ってから、凜は思わず口にしていた。

「何だよ、二人とも」

こんなありえないことが起きてるのに。弓が盗まれているのに。どうでもいいのだろうか。

「……ぼ、ぼくもそろそろ帰ります。篠崎さんは？」

「帰る」

中田は明らかにほっとした様子でタブレットを鞄にしまう。続いてしまおうとしたビデオを凜は先に摑《つか》んで奪い取った。

「これ、貸してください」

「え？　いや、それは……」

「わたしたちを撮ったらチェックしたものしか使わないって約束でしたよね。だから、じっくりチェックさせてもらいます。それともここで、全部チェックするまでつき合ってくれます？」

「わ、分かったよ……一晩だけだよ。頼むから大事に扱って、ね。完全防水じゃないんだから、風呂とかで観ないでくださいね」

「大丈夫です。そんなことしませんよ」

凛は中田のカメラを鞄に放り込み、ドリンクバーの代金を置くとさっさと店を出た。

4

凛が帰宅したとき、ちょうど母が一人で夕食を食べ始めたところだった。父は最近ずっと十一時過ぎないと帰ってこない。

「もう。遅くなるなら電話しなさいよ」

母が、ふくれながらも少しほっとした様子で言う。

「ごめん。ちょっと練習が長引いて」

微妙に嘘をついてしまった。はっきりすれば別だが、今はまだ、学校で弓が盗まれたなんて言えない。

鞄をソファに放り出し、自分でご飯だけよそってテーブルに着いた。おかずの皿は既に用意され、アルミホイルが被《かぶ》せてある。冷めないよう気を遣《つか》ってくれたらしい。

「手、洗いなさい」

「やっべ」

慌てて洗面所へ飛んでいき、手を洗って戻る。

テレビを観ながら他愛《たわい》のない話を振ってくる母に適当に相槌《あいづち》を打ちながら、頭の中はずっと消えた弓のことばかり考えていた。

食後、リビングのテレビ台の中に置かれていた父のビデオカメラを見つけ、そこに挿さったままのコードを抜いてみた。自信はなかったが、どうやらうまく中田のカメラにも挿さるようだ。これでテレビと繋《つな》ぐことができる。小さな液晶モニターよりもっと色々分かるかもしれないし、とにかく観やすいだろう。

母が後片づけに入ったタイミングでコードをテレビに挿し、前に座り込んで、練習の最初の方から再生する。四十六インチの画面に、いきなり自分の顔が映ってぎょっとした。しばらくカメラは凜だけを追い続ける。

「……あいつ……」

反射的にそんな言葉が出たが、観ているとそんなに腹が立たないことに気づいた。滑《なめ》らかなズームイン、ズームアウトを繰り返し、凜が射位《しゃい》に入り、最初の一本を射るところを捉えている。たくさんいる部員の中で、凜ただ一人を追いかけていることがはっきりと分かる。今までにも、こちらから依頼して撮影してもらったビデオを何度も観ているが、それとはなんだか違う。射というよりは顔を、表情を撮ろうとしているような気がした。

──わたしのこと、可愛いって言ってた。本気かな？

こういうビデオを観るといつも自分で思っているより丸顔で、しかも長く続けた弓のせいもあって男みたいながっしりした上半身。これのどこが可愛いというのか、凜にはどうにも理解しかねた。かっこいい、って言ってくれたら嬉しいし、素直に受け入れられるかもしれないのに。

「このビデオ、誰が撮ったの？」

後片づけが終わったのか、いつの間にか背後のソファに座っていた母が訊ねてきてどきっとする。

「お母さんの知らない人。──先輩だよ」

なぜだか説明したくなかったのでそんな言い方になった。

「観やすいなあと思って。ほら、お父さんが撮ると、酔いそうになるじゃない？」

確かに、素人が撮ったビデオは何だか観にくい。それに比べて中田の動画はどれも安心して観られるのは確かだ。手ぶれが少ないからだろうか？　よく分からなかった。でも何か、プロになりたいというだけにある程度はテクニックもあるのだろう。

「恥ずかしいから観ないで」

「ケチ。いいよー、あっちでドラマ観るから」

夫婦の寝室にも少し小さなテレビがあるので、母はそこで寝ころびながらよくビデオを観ている。

凜は首をぶるぶるっと振り、気を取り直して竹弓が映るところまでビデオを進めた。部長が、凜が、竹弓を持って的前に立っているところまで来た。

中田は本当に二人以外への興味は薄いようで、時々背景のように他へレンズを向けるものの、ほぼ凜か部長、そして二人のツーショットを中心に撮影は行なわれていた。こんなものを撮り溜めたら、そのうち映画にできるのだろうか？　とてもそうは思えない。

部長が竹弓に弓巻きを巻いていくシーンがあった。興味を惹かれたのか、そこはズームして撮影している。手前の射手が邪魔にならないよう、微妙に移動して撮っているようだ。弓巻きを巻き終わって弓立てへ。そこでまた凜へとレンズは向けられる。

駄目だ。自分の姿や射のことが気になって、本来の目的をすぐ見失いそうになる。

弓立てが映ってると通常再生し、そうでなければ早送り。

何度も背後に弓立ては映る。小さい射場だから当然だ。しかしやはり、弓はそこにずっとあるのに、五分の空白の後、忽然《こつぜん》と消えてしまっているのだ。五分あればもちろん、弓をひっつかんで更衣室まで走っていくことは充分可能なのだけれど、誰にも気づかれずにそれをやるのはやはりこの状況では無理だ。撮影されていなかった間でも、射場から人がいなくなった時間などないのだから。

ほんとにそうだろうか。

この五分間の空白の時自分が何をしていたか、凜は二つのビデオファイルを行き来しながら思い出そうとした。

そう、綾乃が玄関のところに立っていた。そのことは覚えている。ヒーターに当たりに行っているんだなということは確かその時にも気づいていたはずだ。誰だって、あんなに寒い日、どうせ一休みするならあそこに行くだろう。凜が練習で二手《ふたて》したあと、矢取りに行って戻ってくると、相変わらず綾乃は同じ場所にいた。これで多分五分以上だ。まさかずっとその場にいたとは知らなかったけれど、本人の言い分を信じるならそうなのだろう。そして彼女の証言が正しいなら、その間誰も、弓を持って出ていったりはしていない。これはいわゆる、サスペンスによくある「密室」というやつではないのか。凜自身は好んで観るわけではないが、そういうのが好きな母親につきあって一緒に観ることは多い。

綾乃の証言が正しいなら、これは確かに密室だ。綾乃の証言が正しいなら——。

不意に、ファミレスで綾乃が言ったことを思い出した。

『あの弓相当気に入ってたみたいだね』

まるで凜が犯人であるかのような物言いだ。そういえばこのところずっと、何だか彼女は自分に冷たいような気がする。

綾乃が、盗んだのだとしたら？　何のために？　——わたしに罪を着せるために。

一瞬でそんな考えが浮かんだが、すぐに否定した。

ありえない。そんなわけがない。それにもし彼女が盗んだのだとしたら、「誰にも盗めなかった」なんて証言するのはおかしい。矛盾だ。

そんなことを考えていると、鞄の横ポケットでバイブレーターの振動音がした。ケータイを入れっぱなしにしていた。ビデオを一時停止にして鞄からケータイを取り出して開くと、綾乃からのメールだった。スマホではなくケータイのままにしているものだから、綾乃からはメッセージが送りにくくて面倒だ、とよくこぼされる。ＬＩＮＥとメールにどういう違いがあるのか凜には今ひとつぴんと来ていない。

メールを開くと、件名はなく、いきなり「ごめん。」と始まっていた。これはもしや弓を盗んだ告白か、と思い、ざわざわしながら読み進める。


ごめん。

あたし嫌な女になってた。

自分でも嫌気がするわ。

だから全部書くね。


気づいてないと思うけど、あたしも結構弓好きだよ。

そうじゃなきゃやってらんない。
でもさ、凜や部長みたくうまくなれないのも分かってる。
中学の時から分かってた。
凜たちがたくさん練習してるのも知ってるよ。
でも、同じだけやってもあたしは凜たちみたいにはなれないの。
怠《なま》けてるからだなんて思われたくない。

凜が部長と急に仲良くなっちゃって、なんだかすっごく悔しかった。
うまいひと同士で、お似合いだよね。
やきもちだって分かってる。でも誰にやきもちやいてるのかはよく分かんない。
部長に凜をとられたからやいてるのかな？
凜に部長をとられたからやいてるのかな？
それとも、部長と凜に、大好きな弓を取られたからやいてるのかな？
なんかその全部のような気がするんだよね。
凜が弓取ったみたいに言ってごめん。
凜がそんなことするわけないって信じてるし。

言ってみただけなの。
ごめん
こんな自分が嫌いです。
凜も嫌いだよね。
ほんとごめん

ごめん

大好きな弓を取られた、というところではっとしたけれど、いや、多分そういう意味じゃない、と読み直して思った。これは、あの竹弓のことじゃなくて「弓道」という意味だろう。

全然気づいてあげられなかった。綾乃はもうすっかり、弓なんて惰性で続けているだけなんだとばかり思っていた。こういうスポーツとか習い事というのは、成長が感じられなくなったとき、自分の力に限界を感じてしまえば、途端《とたん》にモチベーションが下がってしまうものだ。好きだけれど、うまくならない。それが辛いことだというのは凜自身だって何度も経験しているから分かる。ただ凜には他に逃げる道がなかっただけかもしれない。辛いときに、何か他にちょっとでも楽しそうなことがあったなら、綾乃のように弓から距離を置くようにしていた可能性だってある。

すぐにでも電話をかけたかったが、何と言えばよいのか分からなかった。考えた挙《あ》げ句《く》、短いメールを書いた。


わたしもごめん。

なんにも気づかなくて。

綾乃が弓を嫌いになっても、やきもちやいても、わたしは綾乃のこと嫌いになんてならないよ。

本当にごめん。


また明日。


頭を振り絞ってもこんな言葉しか出てこなかった。迷いに迷った後で、えいっと送信する。

すぐに返事が来た。文章はなく、笑ってる絵文字が一つだけ。

これでよかったということなのだろうか。少しだけ、涙が滲《にじ》んだ。

いずれにしろ、弓を盗んだ犯人は綾乃ではないし、誰も出て行かなかったというのも本当のことなのだろう。これでやっぱり、誰にも弓を盗めないことになってしまった。

テレビには一時停止のままの射場が映っていた。臙脂色の弓巻きをした弓も。

綾乃のことを思いながらぼんやりその映像を観ているうち、奇妙なことに気がついた。

上に、結び目があるように見える。

顔を画面に近づけたがよく分からなかったので、カメラの方のモニターを触って、何とか画像を拡大する方法を思い出した。指でぐいっと拡げればいいのだ。弓の先端部だけが映るようにしてテレビ画面の方を見ると、間違いなくそこに結び目があるのが分かった。

おかしい。

凜は自分で巻いたことはないけれど、何度か人が巻いているのを横からじっと見ていたことがある。弓巻きはまず、弓の上端——末弭《うらはず》に、袋状に縫い合わされた部分を被せるところから始まる。そこから斜めに布を巻き付けていき、最後に下端——本弭《もとはず》のところで少し余った部分を巻き付け、端についた紐で結ぶ。あの時、本多部長もそうしていたはずだ。もしそうなら、上に結び目があるはずはない。上に結び目があるということは、誰かが途中で弓を上下逆さまにしたか、あるいは——。

凜は、再びメールを書き始めた。

部長と中田に、早朝に弓道場に来てくれるよう呼び出すメールだった。

5

薄靄《うすもや》の早朝、凜が弓道場へ辿《たど》り着くと既に二人は到着していた。

「おはようございます」

「おはよう」

「おはよう。中に入る？」

部長が鍵をちゃらちゃらさせながら聞いた。

「はい」

寒すぎて冬の間は朝練をやるものもいない。

玄関に入るとすぐにヒーターをつけ、その周りに集まるように正座した。矢道側のシャッターは閉じたまま、明かりのスイッチを入れると、射場ではなく公民館か何かにいるようだ。

「まさか、あれだよね、犯人が分かったとか、そういうんじゃないよね？」

少し笑いながら、部長が先に口を開いた。

「いえ……ていうか、はい、そうです。ビデオをよく観たら、分かりました」

部長と中田は驚いたように顔を見合わせる。

「ほんとに？」

疑わしそうな部長に対し、何だか嬉しそうな中田。

「ビデオに？　ビデオに何か映ってました？」

凜は黙って鞄から中田のカメラを取り出し、スイッチを入れて弓立てに置かれた弓の映像をポーズし、拡大して観せる。

「これです」

二人は一緒に覗き込む。

「竹弓……だね」

と部長。

「その弓巻き。おかしいですよね」

「え？　……どこが？」

「画面が小さいので分かりにくいですが、結び目があるでしょう？　上下が逆さまなんです」

「……ああ……なるほど。誰かが倒して、逆向きに置いたのかな」

「はい。その可能性も考えました。それで一応、遡って観てみたんです。そしたら、部長が最初に置いた時点ではちゃんとしてたのが、あるファイル以降、結び目が上に来てるんですよね。でも、断言はできないんですが、どうも弓が逆さまになってるようには見えないんですよ。弓は上下正しいのに、弓巻きが逆から巻かれてる、そんなふうに見えるんです」

和弓《わきゅう》は、握り手より上の方が下よりも遥《はる》かに長い、上下非対称の形をした世界でも珍しい弓だ。もし普通に逆さに置けば握りの位置が全然他の弓と違ってしまうし、弓巻きで覆われていたとしても、どうしても違和感がある。弦がかかっていなければ弓はほぼ真っ直ぐ（弦をかける側とは逆に反っている）なので気づかなかっただろう。

「へえ」

部長がかすかに笑ったような気がした。

どうして？　どうして笑うんだろう。凜は急に不安になった。

「つまり、どういうこと？」

急に不安になってきたが、続けるしかなかった。

「……つまり、この弓巻きは一旦あの竹弓から外され、その後もう一度巻き直された、ということです。逆方向に」

「誰が、なんでそんなことをしたというの？」

部長は何だか少し興奮しているようにも見える。早く答を聞きたくて仕方がないのに、一所懸命それをこらえているかのような。

「……そんなことをして怪しまれないのは、部長だけです。弓巻きをうまく巻けるのも、多分部長しかいません」

感心したように凜を見て、ちらりと中田を見やる。中田もまた、驚くと言うよりは嬉しそうだった。

「それでそれで、弓巻きを逆から巻いたことと竹弓が消えたことの関係は？」

先を促すように中田が口を挟む。

「……一旦弓巻きが解《ほど》かれたんじゃないかと分かれば竹弓が消えたことはもう謎でもなんでもありません。空白の五分間の、遥かずっと前に、弓巻きが解かれた時に、射場から外へ持ち出されたんでしょう」

「どうやって？　他のみんなに見つからずにそんなことができるかな？」

「タイミングを見計らう必要はあるでしょうね。競射《きょうしゃ》の時とか、全員やることがあって忙しい瞬間はあります。みんなの目が逸れている時に、竹弓と余ったグラス弓を両方持って素早く矢取り口へ出て、射場の裏に回ったんだと思います。そこで竹弓の弓巻きを解いてグラス弓に巻き直し、戻ってきて弓立てに戻した。そのうちまた隙を見てトイレに行く振りをして、外に置いた竹弓を拾って更衣室かどこかにそれを隠す。練習の間、トイレに行く人でもない限り目撃される心配はないですし。これで竹弓は射場から消えました。後はグラス弓に巻いた臙脂色の弓巻きを消せばいいわけです。射場に人が溢《あふ》れていて、思い思いの練習をしてる時ですから、なるべく素早く消したかったんでしょうね。逆から巻いてあったのはそのためです。誰も見ていない、と判断した瞬間、上に来ていた結び目を解いて下にずり落とした。ゆるゆるに巻いておけば数秒とかからなかったんじゃないでしょうか。弓の弦を確かめるようなふりをしながら、身体の陰で、本弭《もとはず》に絡まった弓巻きを抜き去ってポケットに入れてしまえばいい。これで『臙脂色の弓巻き』も消えました。竹弓と弓巻きが同時に消えたと考えると不可能ですけど、バラバラにしてしまえば可能だったんです」

部長はゆっくりと首を振りながら凜を見つめていた。

「信じられない……」

「ね？　やっぱり篠崎さんはすごい。ぼくの勝ちです」

中田の言葉に凜はぎょっとする。

「え？　何の話ですか」

部長は座り直すと、身体を前に倒して深々と礼をした。

「……篠崎さん、ごめんなさい。今回のことは、その……お芝居みたいなものなんだ。あなたを騙《だま》す……っていうか、あなたを試すための」

「わたしを……試す？」

あまりにも意外な言葉に、しばらくどう反応していいのか分からなかった。

「うーん、ていうか、この中田くんがね、篠崎さんには本物の探偵の才能があるから、事件を起こして解かせたいって。トリックも考えたってね。謎解きドラマを撮りたいんだって。芝居をやってくれと言ってもなかなか聞いてくれないだろうから、本当の事件に遭遇させて、その様子を撮ればいいって言いだしたんだ」

「うそ……」

「部長さんは、無理だって言ったんです。こんなトリック分かるわけがないって。ま、そう簡単にばれないようにぼくも頭を絞りましたけどね。で、ぼくは、賭けを申し出たんですよ。もし篠崎さんがこのトリックをすべて見抜いたら、映画に協力してもらえますかって」

賭け……自分が賭けの対象になっていた……？　盗まれた竹弓など、なかった……？

それでは、弓が消える瞬間が映っていないのも当然だ。言ってみれば部長と中田の共犯なのだから。部長の何かの合図で中田はビデオを切り、他の部員にさえ気づかれないようにすればいい。

部長が申し訳なさそうに苦笑いを浮かべる。

「ごめんなさい。その賭けに乗っちゃった」

じわじわと腹が立ってきた。弓が盗まれたと思ってどれだけ苦しんだか。大事なものがなくなったこともそうだし、それを仲間の誰かが盗んだかもしれないと疑うこと自体大きなストレスだ。

「つまり……どういうことですか。部長は賭けに負けたので、中田さんの映画に協力する。これは構いません。どうぞお好きにしてください。わたしは？　わたしはどうなるんですか？　――わたしは何の賭けもしてませんし、映画に協力すると言ったつもりもありませんからね！」

「あ、いや、だからその……篠崎さんは、後ちょっとだけでいいんです。今の推理のところだけ撮れなかったんで、もう一回喋ってくれたら、それをそのカメラで撮りますから……」

凛はまだ自分の手の中にあったカメラに目を落とした。

「はあ？　よくそんなことが言えますね。こんなものなんか――」

どこかに放り投げてやろうと思い切り腕を引いたが、どこに投げても大事な射場の床やシャッターが傷つくのではと思うと、投げることもできなかった。

「うわあああ！　ごめんなさい、ごめんなさい分かりました。後はこちらで何とかしますから、とにかくこの映像だけは使わせてください、お願いします」

蒼白な顔をした中田が、コメツキバッタのように何度も何度も何度も額を床にぶつけ、謝っている。カメラが、というより、撮影した映像が大事らしい。

「――篠崎さん。騙すのは嫌だった。でも、後悔はしてないの。すごく面白かった。どきどきした。それに、中田くんがあなたに執着する気持ちもよく分かった。本当に探偵の才能があるし、それに……絵になる。わたしも、あなたの出る映画なら観てみたいかもって」

四面楚歌《しめんそか》ってこういうことだろうか。凜は天井を仰いだ。

「他のみんなには、あの後すぐメールして本当のことを言ってあるから。それにね、あの竹弓、増田先輩のあの弓。先輩は実は、あの弓手放してもいいと思ってるんだって。それなりの値段なら」

一体何を言い出したのか、凜にはぴんと来なかった。

「竹弓は当たり外れもあるって言うよね。でも、ちゃんと大事に使ってた竹弓なら少し安心でしょ。それに、昨日引いてみた感じも悪くなかった。ネットオークションで買うよりよっぽど安心」

「……だから……？」

「篠崎さんがそれでよければ、今回のことのお詫びとして、中田くんがプレゼントしてもいいって」

「え」

「ただのお詫びじゃないですよ！　お詫び兼ギャラってことで。後少し、いくつかのシーンを撮影させてもらえたら、弓代はぼくが何とかします」

あの竹弓が、自分のものになる……？
凜は中田を睨みつけながら、長い間唸り続けていた。

第四話　打ち起こし

1

凜たちの学校では、入学式の翌日、対面式というものが行なわれる。新二、三年生と新入生が初めて対面する日だ。そこで、互いの代表挨拶と共に、部活の紹介も行なう。どういうふうに紹介するか、運動部文化部両方の部員が春休みのうちから何度か学校に集まっては手順を確認、リハーサルもしてきた。

会場の体育館では弓道部は短いビデオ上映と、巻藁《まきわら》練習を見せることになっている。巻藁は多数決で本多部長と凜の二人がすることとなった。的を外すことはないのでそういう緊張はないが、新一年生には凜と同じように中等部での経験者などもいるはずなので、あまりにみっともない射形《しゃけい》では笑われるという思いはあった。

既《すで》に対面式は終わり、部活紹介も中ほどに差し掛かっている。今壇上にいる合唱部の紹介が終われば次は舞台袖で控えている凜たち弓道部だ。バリトンとかアルト、ソプラノといった基礎知識の説明をしながらその担当が短く声を出しつつ、それがやがて誰もが知ってるCMソングになっていくのを笑いを取りつつやっていくというまい構成で、新入生の心をすっかり摑んでいるようだった。自分たちがこれからやるものがこんなにウケるはずないと思うと逃げ出したくなる。ウケるのが目的じゃないし、ここでウケたからといって新入生がそこへ入部するかどうかは別問題だと分かっていても、何だか悔しい。

「篠崎さん、緊張してるの？」

部長がやや面白がっている様子で訊ねてくる。

「そりゃ、緊張しますよ。こんなたくさん人がいるところで弓引いたことないですし」

普段着慣れている袴《はかま》だって、体育館でみんなの前に出ると思うと何だかコスプレみたいで恥ずかしい。

「自信持ってやって。いつも通りでいいんだから。中田くんが作ってくれたビデオ、充分かっこよかったでしょ？」

的前《まとまえ》練習を紹介するビデオでは、部長も凜も、そして他の部員達も、なかなかいい射を披露しているし（厳選したわけだが）、ただ前から撮るだけじゃなくて映画っぽくカットを繋《つな》いでいるものだから確かにかっこよくて迫力もある。凜は特別に中田の指示する通り何度も一人で同じ動作を繰り返し、足踏みの足だけとか矢を番《つが》える妻手《めて》、会《かい》の押《お》し手《で》や的《まと》付《づ》け、口割《くちわ》りの様子などを、恥ずかしいくらいのアップで撮られたのだが、それらを同じ一連の射であるかのように繋いだシーンは、自分で観ても（本人だから余計に、なのかもしれないが）鳥肌が立つほどかっこよかった。

「先にあれ、流すんですよね？　なんかハードルあがっちゃわないですか」

「何言ってんの、大丈夫だって。あれもあなたの射じゃないの」

「いやー、なんかインチキっぽいですよ。編集でこんなになるんだって」

「あなたは、生の迫力を見せてやればいいの」

「生の、迫力ですか……」

本多部長は女子とは思えないパワフルな射を持っているからそんなことが言えるのだ、と凜は少し卑屈に思った。自分の射に「迫力」なんかあるだろうか？

そう言えば昨年この部活紹介で、同じように巻藁を披露した部長――当時はまだ部長ではないが――の射は、既にそれなりの自信を持っていた凜でさえ惚《ほ》れ惚《ぼ》れするようなものだった。

合唱部の紹介が、大きな拍手と共に終わった。合唱部員が退場できるよう少し脇に退《の》き、全員が捌《は》けると同時に、男子部員二人が傍《かたわ》らに置いてあった巻藁を持ち上げ、壇上に運ぶ。別の女子部員が巻藁台を持って行って、予《あらかじ》め決めておいた場所に置くと、その上に巻藁をそっと載せる。

「さっ、行くよ」

部長は凜の背中をばんと叩いてから、壇上へと進み出ていった。

ビデオが終わり、巻藁の前に進み出たところから何をどうしたという記憶がない。ふと気づくと、大きな拍手を背に舞台袖の階段を降りるところだった。

「ほらね？　どうってことないでしょ？」

部長の声でふと我に返り、どっと冷や汗を搔《か》く。

——えっ、つまり、ちゃんとやったってことだよね？

巻藁をえっちらおっちら運び出す部員たちを押しのけるようにして、次のサッカー部がどどどっと舞台にあがっていった。

パチパチパチ、と控え目な拍手をする二人が凜たちの前に立ち塞《ふさ》がるように現われた。一人は顧問の西川先生。五十近い、頭の薄い国語の先生だ。一応入門書を読んだりはして基本用語くらいは覚えてくれているが、弓はまったく引けない。そしてその隣にいるのは、つい先ほど新任として紹介された先生のようだが、上の空だったのでよく覚えていない。がっちりした肩と短い髪を見て一瞬男かと思ったが、顔だけ見るとぱっちりと大きな目をした美人の先生だった。式典の時は大抵の女の先生がスカートスーツなのに、彼女はパンツスーツで、百七十センチの部長よりまだ背が高い。思わず足元を見てしまったが、靴はもちろん上履きでヒールなんかない。モデル——というよりタカラヅカの男役の人みたいだ、と凜は思った。

「本多も篠崎も、よかったぞ。かっこよかった。──吉村《よしむら》先生、どうでした？」

西川先生はなぜだか隣の彼女に同意を求める。

「ええ、ほんとに。二人とも、すごくちゃんと引けてたと思います」

吉村と呼ばれた先生は凜と部長を見て、にっこりと笑った。二人ほぼ同時に「はあ……」と曖昧《あいまい》に頭を下げる。そうするしかなかった。

「この吉村先生はな、新しい日本史の先生なんだけどな、高校でも大学でも弓道部の強豪校で、主将を務めたこともあるんだそうだ。これから、お前たちの指導、してくれるそうだ。いきなり顧問はどうかと思うから、とりあえずコーチをお願いしてある。よかったな！　棚橋先生いなくなって、残念がってたもんな」

一瞬喜びかけたが、すぐに心の中で待て待てと押し留める声が聞こえた。確かにこの一年、棚橋先生がいてくれたらと思うことは何度もあったけれど、それは誰でもいいからコーチが欲しいというのとは違う。

しかし部長は単純に嬉しかったらしく顔を輝かせる。新入生もこれから入ってくるし、指導できる人間が一人でも多いに越したことはないのだから、当然の反応かもしれない。

「ほんとですか！──部長をやらせてもらっています、本多です。よろしくお願いします」

部長がきちんと礼をするのを見て、凜も慌てて倣《なら》った。

「二年の篠崎です」

「吉村です。本多さんは力強い射ね。篠崎さんはとってもきれい。二人とも、きっと強くなれると思う」

深く考えたわけではなかったが、凜はこの時の言葉に何となく違和感を覚えた。

2

すべての部活紹介が終わると対面式も終わりで、午後は通常の練習ということになっていて、新入生たちは気になる部活の練習をあちこち好きなだけ見学できる。

凜たちは道着のまま弁当を食べ、一時には道場に集合した。礼記射義《らいきしゃぎ》を唱和《しょうわ》。手早く準備をして、体操を始める。他のスポーツなどより物珍しいからだろう、例年通り結構な見学者が既に生け垣の外に集まり始めていた。彼らは恐らく早く弓を引いてくれと思っているることだろうが、いつも通りの姿を見てもらうことに意味があるはずだと凜は思った。新入部員はとりわけ礼や体配《たいはい》をいやというほど叩き込まれることになるし、弓道にはそういう面があることを少しでも覚悟しておいてくれるとありがたい。

体操を終え、いよいよ練習を始めようとしたとき、吉村先生が弓を手に射場《しゃじょう》に入ってきた。

凛たち生徒はみな白の道着に黒の袴なのだが、先生の道着は上下共に紺。男性のような見た目とも相俟《あいま》って、何だか威圧感がある。

本多部長はすっと先生に近寄ると、パンパンッと手を叩いてみんなの注意を惹《ひ》いてから言った。

「今年から、ご指導いただくことになった日本史の吉村先生です。――よろしくお願いします」

部長が礼をすると、一同その場で同じように礼をし、「よろしくお願いします」と唱和した。

「はい、こちらこそよろしくお願いします。――まず少し、見学させてもらうね。いい？」

部長は一瞬言葉に詰まったようだったが、すぐに頷《うなず》いた。

「……分かりました」

先生は弓巻《ゆみま》きの巻かれたままの弓を弓立てに立てると、なるべく邪魔にならないようにと入ってきたばかりの入り口の壁に身を寄せて正座する。

三年生から順に一手《ひとて》（二射）ずつ五人立ちで坐射《ざしゃ》。普段は立射《りっしゃ》だけのことが多いのだが、今日は見学者もいるし、時間もたっぷりあるからだろう。

見学者がいるからか、先生が見ているからか、その両方の効果もあってか、何だか今日は中《あ》たりが多い。気持ちの良い音が何度も響き、そのたびに見学者の方から感嘆の声もちらほら漏れた。凜も何とか二本的中させ、面目を果たした。見学者の中には放送新聞部の中田隆司もいて、こちらにカメラを向けていたことに気づく。

　またか。今日は特に自分の部だって何か仕事があるだろうに。

　全員が坐射を終えたところで、吉村先生が大きな拍手をしながら立ち上がった。

「みんな、スジがいいね。一年間指導者がいなかったたって聞いてたから、どんなものかと思ってたけど……ほんと、安心した。これならきっと、もっともっと強くなれると思う」

「……ありがとう、ございます」

　何となく先生の周りに集まってきた面々は、軽く頭を下げる。

「でも、今のままじゃ、なかなかいい結果は出せないと思います。個人戦も時々、団体戦にいたってはほとんど勝てていない状況だよね。――でも、大丈夫。いきなり全国優勝……なんてことは約束できないけど、関東有数の高校になれるから」

　凜は先ほど感じた違和感の正体にようやく気づいた。勝てる射、強いチーム――今まで自分が学んできた中には余りない考えだったからだ。中学の時から教えてくれていた棚橋先生が年配で、古い考えだったのかもしれない。しかし先生は常に、「中てるのではなく自然な中たりを目指しなさい」「中たりに執着してはいけません」と言い続け、凜たちは素直にそれに従ってきた。

「とりあえず、わたしの射も見てもらいましょう」

そう言うと、カケを着け、自分の弓と矢を四本持って射位に立った。周りにいた部員たちは邪魔にならないようスペースを空け、正座する。

足踏みの時に凜はおやっと思った。何か、違う。

弓構《ゆがま》えから打ち起こしに入るはずのところで、円相《えんそう》(弓を構えた姿が上から見て円に近くなっていること)になっていた弓手《ゆんで》がぐいと前へ伸ばされる。

「斜面《しゃめん》……」

何人もの口から思わずその言葉が漏れ、少しざわついた。

弓道がかつて弓術だった時代には日本各地に様々な流派が存在したという。中でも一番目立つ大きな違いが打ち起こしだ。全日本弓道連盟が推奨し、現在一般弓道界で主流となっているのは正面《しょうめん》打ち起こしと呼ばれる方法。体の正面で番えた矢を床と平行に保ちながら真っ直ぐ上に持ち上げ、それから引き分けていき、大三《だいさん》から会《かい》にいたる。凜たちが習ってきたのはこの方法だ。

一方、斜面打ち起こしと呼ばれる方法もあり、特に学生弓道の世界では結構根強い人気がある。凜たちも、試合などの際、他校の選手が使うのを見かけることがある。

斜面打ち起こしでは、円相から弓手を前に押し開いた後で打ち起こす。そうすると打ち起こしたとき、正面打ち起こしで言う大三に近い状態になり、そこからさらに引き分けに入り、会では結局同じ姿になる。

　やや短すぎるとも思える会の後、鋭い離れと共に先生の甲矢《はや》は一直線に飛んで行き、見事に的の中心を射抜いた。ものもの凄《すご》い矢勢《やいき》だ。本多部長のもなかなかだが、多分彼女よりも強い弓ではないだろうか。

　流れるような動作で乙矢《おとや》が放たれ、これも的中。次の一手《ひとて》を床から拾い、（文字通り）矢継ぎ早に放つ。

　四射皆中《かいちゅう》。どれもほぼ中心に集中していた。

　まず見学者から、そして部員全員が拍手をしていた。凛もやや遅れてそれに加わる。これが弓倒《ゆだお》しをした吉村先生は振り向いて微笑《ほほえ》んだが、まったく気負った様子はない。

——四射皆中が、彼女にとって当たり前のことであるというのがその表情から読みとれた。

「ご覧の通り、わたしは今は斜面打ち起こしを使ってます。みんながこれまでやってきた正面打ち起こしとはだいぶ違うように見えるかもしれないけど、基本は同じです。人にもよるし、どちらにも長所短所があります。ただ、経験上言わせてもらうと——斜面の方が中《あ》たりはいいと思います。中たりが欲しいなら、斜面を試してみる価値はある。もし試してみて、自分には合わないな、と感じるなら正面に戻せばいいでしょう。そういう人もたまにいます。——繰り返しになるけど、どっちでも基本は同じです。正面も昔はやってましたから、指導はできます」

誰も何も言わなかったが、すっかり先生についていく気でいるらしいことが凜には分かった。

「次は、競射？　いつものように続けてください。後で一人ずつ、講評します」

そう言うと先生は弓を置き、再び入り口脇に座って、合切袋《がっさいぶくろ》からノートと鉛筆を取り出した。

凜は、胸のざわつきを抑えられなかった。

3

新入部員の申し込みは四十名を超えてしまった。道場の大きさ、現在の部員数を考えると、どう考えても練習に支障を来《きた》しかねない数だ。放新部の中田が作ったビデオの評判や（ＹｏｕＴｕｂｅに上げたそれの再生回数はなぜか四桁《けた》に達していた）、それ以上に吉村先生のルックス、射の評判が爆発的な効果を上げてしまったらしかった。

中学からの経験者を優先し、後は十人ほどのやる気のありそうな生徒を残して、第二希望、第三希望のクラブにまわってもらうことになる。やる気がありそう、と見たところで、毎年何人か辞めてしまうのは避けられない。初心者は最初の一、二ヶ月、的前に立つどころか本物の弓を引くことさえできず（ロープやゴム弓で射法八節を繰り返し練習する）、他の運動部同様のランニングなどの体力作りもすることになるし、またそれ以上に礼や体配といった、普通のスポーツにはない要素をうるさく言われるのも、うんざりして辞めてしまう人がいる大きな要因だ。最初はジャージに足袋《たび》だが、道着に袴となったらこれまたきちんと着るだけでも時間がかかる。

しかし、吉村先生の存在自体が、新入生大量入部よりもっと大きな変化を弓道部にもたらした。

ほぼ全員が斜面打ち起こしに乗り換えてしまったのだ。指導する人間がそれを使っていて、実際皆中させてみせるのだから、仕方のないことだとも思う。それで何か不都合があるわけでもないのだろう。しかし凜はどうにも釈然とせず、そうあっさりと正面打ち起しを――棚橋先生や先輩から教え継がれた射法を捨てる気にはなれなかった。

何より驚いたのは、弓に対して同じような考えを持っているとばかり思っていた本多部長が、吉村先生の一番の信奉者のようになって、あっという間に斜面打ち起こしに鞍替《くらが》えしてしまったことだ。

そして、元々勘がいいのだろう、その日からバンバン中《あ》てる始末。半信半疑の凜も一応試してはみたものの、何だかぎくしゃくして全然うまく行かない。正しい十文字の感覚が分からなくなるような気がして、すぐに元に戻した。そして一週間ほど経って気がついてみると、凜以外の全員がすっかり斜面打ち起こしに馴染《なじ》んでしまっていた。全体の的中率もわずかだが上昇傾向にある。そして凛一人を見るとなぜだか絶不調という状態。

「合う合わないはあるから、無理しなくていいよ」

吉村先生はそう言ってくれたものの、段々自分の方がみんなを裏切っているような気さえしてくる。

ちゃんと真面目に斜面打ち起こしをやらないから。吉村先生を信じないから。

誰もそんなことを言いはしなかったのだが、みんなそう思っているのではないかと凛には感じられた。

最初に「射形がきれい」と褒められて以降、明らかに調子の悪い凛に対し、先生はアドバイスをするでもなくそのままでいいと言うでもなく、まるで眼中にないように見えた。戦力外通告を受けたような気分だ。

ゴールデンウィークには新学年になって最初の大事な試合がある。もうそろそろ団体戦のチームを決めなければならないのに、四月の成績を元に判断するなら、凛はAチームどころか、DとかEとかのさほど期待されていないチームに入るしかない。昨年度までの成績なら、部長と凛、そしてもう一人誰かで（三人立ちの場合）ベストのチームを作れば、団体戦でいい成績を狙えるはずだったのだが……。

一時はうまくならないからと言ってつまらなそうにやっていた森口綾乃も、斜面に変えてすぐ的中率が上がり、的中率が上がるとゲンキンなもので、今まで見たことがないほど熱心に練習に打ち込むようになった。前は凜が色々とダメ出ししようとしても話半分にしか聞いていないのが丸分かりだったのに、最近では向こうから質問してきたり本を貸してくれと言ってくるくらいだ。

昔から一緒に弓道をやってきた友達が、また弓を面白いと思ってくれていること自体は嬉しいが、的中だけ見れば追いつき、追い越されそうな状態ははっきり言って複雑だった。

そして、さらに気になったのが、みんながみんなそうではないものの、斜面にしてから射形が悪くなったように感じられる部員もいるということだ。そして、吉村先生はそういった点に気がついているのかいないのか、中《あ》たっている部員については何一つ注意しようとはしない。

的中さえあればいい。そう考えているのだとしか思えなかった。

正射必中《せいしゃひっちゅう》とは、正しい射を行なえば自《おの》ずから的中する、的中を追うのではなく正しい射、正射こそを追求しろという意味ではなかったのか。

聞けば先生は、単によく中たるというだけではなく、参段の免状も持っているのだという。正射必中について知らないわけもない。

全国大会で優勝するような強い人にとっては、正射必中などという考えは「きれいごと」に過ぎず、もっと中たりに貪欲でなければならない、そういうことなのだろうか。

ぐずぐずしていたせいもあって、着替えを終えて更衣室を出たのは一番最後だった。普段なら待ってくれているはずの綾乃の姿も見当たらず、仲間はずれにされたような気分だ。そんな凜の前にぬっと現われて、能天気にもずばりと訊いてきたのはもちろん中田だった。

「何だか最近調子悪いみたいだね」

むっとしたので一言何か言ってやろうと口を開いたが、意味がないと思い直した。

「ご、ごめん。気に障《さわ》った？　ぼくでよかったら力になるけど……」

もう我慢できなかった。

「どうして中田さんが力になれるとか思うんですか？」

「え？　あ、いや、そりゃそうだよね。ごめん。弓のこと何も分かってないしね。でも、篠崎さん以外のみんなが吉村先生の真似してやり方変えたのは見てたら分かったよ。面白いね、あんなやり方もあるんだねー。見慣れてないせいか、ちょっとかっこよく見えるよねー」

お話にならない……そう首をふりかけて、待てよと思った。

吉村先生に相談できる話じゃない。部長にも、綾乃にも。だとしたら、話を聞いてもらえるとしたらこの人くらいしかいないのではないか？

「……ちょっと、お時間ありますか？」

学校近くのファストフードの店に入り、飲み物だけを買って席に着いた。ふと見ると、中田はいつになくそわそわと落ち着きがない様子できょろきょろ店内を見回している。

「――どうかしました？」

「あ、いや、誰かに見られたらつきあってると思われたりしないかなって……ぼくは別に構わないけど、篠崎さんは困るでしょ」

学校が近いこともあって当然同じ制服、年代の客も多いが、見知った顔はないようだ。いたとしても弓道部員でなければ今は構わない。

「この間だって、勝手に買い物についてきたりしたじゃないですか」

「あの時はほら、本多さんも一緒だったし、学校から離れてたから」

「……別にいいですよ、どう見えたって」

「え、いいの？」

何だか嬉しそうに言う。

「いいですよ、別に。つきあってないんだし。つきあってたら、見られないようにするかもしれないけど。――それより、相談に乗ってくれるんですかくれないんですか」

「あ、うん。何でも聞くよ」

少し考えて、凛はすぐに首を振った。

「ごめんなさい、間違えました。相談じゃなくて、今から言うことはただの愚痴《ぐち》です、多分。別に解決して欲しいとかじゃないんです。ただ誰かに聞いて欲しいだけで。いいですか、絶対他の人には言わないでくださいね。特に弓道部の人には」

「はい」

中田は背筋を伸ばし、神妙な顔つきになった。

凜は少し考えて頭の中を整理してから、弓道部の、自分の現状について説明していった。

中田は黙って相槌を打ちながら最後まで話を聞き、凜が言葉を切ってシェイクに口をつけると感慨深げにこう言った。

「いやあ、なんか嬉しいなあ」

「え、何？　何がですか？」

凜は眉をひそめて訊き返す。

「いや、だって他の人には言えないような愚痴を、ぼくにはこぼしてくれたわけじゃないですか。少しは信用されてるのかな……って」

照れたように眼鏡のずれを直す。何かっこつけてんだ。

「あのですね——」

反論しかけて口を閉じた。考えてみれば確かに、他の人には言わないでと言ったところで、喋《しゃべ》る人間は喋る。森口綾乃などがいい例だ。彼女とは長いつきあいだし好きだけれど、彼女に秘密の話をしようとは思わない。対して、中田が約束を破って秘密を漏らすかというと、そんなことはしないだろうという感覚はあるのだった。それはつまり、「信用している」ということではないか。

「ごめんごめん。――難しい問題だよね。でも、一つはっきりしてることはあるよ。その……弓道やってないぼくが言うのもなんだけど」

そう言って少しおどおどした様子で、指を一本、立ててみせた。

「ほんとですか？」

「ほんとほんと。はっきりしてるのは――この四月に入ってから、篠崎さんの調子は狂ってる。そういうこと」

「何それ。そんなの最初から分かってることです」

凜は口を尖《とが》らせた。

「ま、まあ待って。つまり、ぼくが言いたいのは、篠崎さんの調子が悪いのは射法のせいじゃない、ってこと。正面打ち起こしが斜面打ち起こしに劣っているとか、そういうことじゃないわけだ」

何を言っているのかと思ったが、ゆっくり考えているうちに彼の言わんとすることが何となく分かってきた。

「……そうだよ。射法のせいじゃない。わたしが悪いってことですよ。スランプなんです。そんなこと分かってる」

「そうだね。で、そのスランプの原因はつまるところ、君の——篠崎さんの、メンタルにあるってこと」

メンタル——。

そう、そうなのだ。そんなことは分かっていた。射法が乱れているのではなく、心が乱れているだけなのだ。ちょっと斜面に挑戦してうまくできなかったからといって、その後まで調子が悪いのは、いらないことをしたせいで射形が崩れてしまったなんていうのはただの言い訳だ。逆にもしそうだったとしたら、そんなことで揺らいでしまうほどいい加減な射を今までしていたということでもある。

「君だけじゃなくて、みんなのメンタルにも影響はあったはずだよね。プラシーボ効果って、あるじゃない。効果のない薬でも効果があると信じて飲んだら、実際に具合が良くなったりするっていうあれ。あれも本当にあるのかどうか、否定する人もいるらしいんだけどね。でも、メンタルの要素が大きい競技では、周りのあらゆることが結果に影響してくると思うんだ。新しい先生が来たら、すっごい美人でバンバン中《あ》ててみせる。その先生が教えてくれた新しい射法を試してみる——それってワクワクすることだよね、普通は。君はそうでもなかったみたいだけど」

斜面をやりたくないなどとは言っていないのに、中田はさらりとそう言った。気持ちが言葉尻に出ていたのだろうか。

「斜面打ち起こしを使ってもし最初中たらなくても、初めてなんだから当たり前。もしいきなり中たれば、『すごい！　これいい！』ってなるよね。で、中たらなかった人はどこが悪いのか先生に訊いてまた挑戦する。基礎はできてるんだから、きっと上達も早いと思うんだ。で、また中たるようになったとしたら、なんかレベルアップしたような気になるじゃない？　たとえ前と同じくらいに戻っただけだとしてもさ。レベルアップって、テレビゲームとかでもそうだけど、ご褒美なんだよね。レベルアップがテンポよくあるうちはすごく楽しいんだけど、なかなかレベルアップしなくなってくると、ちょっとだれちゃったりする。運動でもそうじゃないかな？　篠崎さん以外のみんなは、今きっと楽しくて仕方ないと思うよ。前より集中できてるかもしれないし、努力だってする。それが前よりいい成績に結びついたとしても、なんの不思議もないよね？　新入生が増えたってこともあるだろうけど、傍観者《ぼうかんしゃ》のぼくの目から見ても、実際みんな生き生きしてたよ。……篠崎さん以外は、だけど」

みんなの気持ちなんか考えてもみなかったことに凜は呆然とした。そう、確かに単に斜面打ち起こしを教えてもらう、というただそれだけのことだったなら、凜も楽しみつつ試せたことだろう。そしてもう何射か何十射かはやってみたに違いない。そうすればきっとそこそこ中たりも出ていただろう。その時点で最終的にどちらを選ぶかもう一度考えてもよかった。しかし――。

「待ってください。じゃあ、今成績がよくなってるみんなは、『中たると思ってるからよく中たる』ってことですか？　もし成績が元に戻っちゃったら……？」

「うーん。練習の効果が表われて実際うまくなったとしたら、今後も成績は高いままじゃないんですか？　斜面打ち起こしとか吉村先生に対する信頼が崩れるようなことがなければ、問題ないと思いますけど……。何にせよ、他の競技以上にメンタル面が大きく影響しそうな感じですもんね、弓って」

確かにそうだ。どんな競技にもメンタルは関係あるのだろうけど、練習を重ねれば重ねるほど、どうやって鍛えればいいのか分からないメンタルの弱さばかりが際《きわ》だっていくように思われる。アーチェリーの試合をたまにオリンピックなどで見ることがあるけれど、似た競技であるはずなのにそのありようは根本のところで大きく違うように感じられて仕方ない。

「変なスポーツだよね。ていうか『スポーツ』って言っちゃいけないんだろうけど。正しい射をするのが目的で、中《あ》てることが目的じゃないとか言われても困るよね。だったら試合なんかしなくたっていいじゃない、ね？　試合となったら中てたくなるのが人情だよ」

そうなのだ。中田は、やってもいないのに凛の考えが分かっているようだった。

「篠崎さんは、あくまでも正しい射がしたいってことなんだろうけど、でも試合で勝てるものなら勝ちたいんでしょ？　吉村先生を信頼して任せたら勝てそうな気がするけど、それってまずいんじゃないかと思ってる。そうだよね？」

　余りに気持ちを言い当てられるものだから、凜は少し怖くなっておずおずと頷《うなず》く。

「なんかさ、『スター・ウォーズ』みたいだよね」

「は？」

　突然意味不明なことを言い出したので、テーブルに頬杖《ほおづえ》ついた肘《ひじ》が外れそうになった。

「知ってるでしょ？　『スター・ウォーズ』くらい。『スター・ウォーズ』にはフォースっていう、超能力みたいな力を持ったジェダイって人たちが出てくるわけなんだけど、そのフォースには暗黒面、ダークサイドっていうのがあってね。知ってるでしょ、暗黒面？」

　凜は首を振った。『スター・ウォーズ』はもちろん名前は知っているが、観たことはない。フォースだのジェダイだの、おまけに「暗黒面」だって。弓道と一体何の関係があるというのか。

　中田は何やらよく分からない大げさな手振りを交えて必死で説明してくれる。

「フォースってのは、ものを引き寄せたり、他人の身体を操ったりできるすごい力なんだけど、それだけに修行も必要だったりする。でも人間は手っ取り早く強い力を手に入れるために安易な道に走りやすい。憎悪とか怒りとかを糧《かて》にするとより大きな力を手にすることができるわけだけど、安易に強大な力を得られる代わり、自身がその力の闇の部分に飲み込まれてしまう――それを『フォースの暗黒面』って言うんだよ。知らない？　知らないの、ほんとに？　一回くらいテレビで観たことあるでしょ？」

「ないってば」

信じられないとでもいうように、両手で頬を押さえ、ムンクの『叫び』みたいなポーズを取る。

「参ったな、こりゃ。エピソード123《ワンツースリー》はともかく、4《フォー》は――一作目のことだけど、今観ても絶対面白いからさ。観てほしいなあ」

4が一作目？　ますます訳が分からない世界だ。

「ともかくだね、『スター・ウォーズ』には日本の映画や文化の影響が色濃くあって、この暗黒面っていうのは、日本の武道について語ってるような気がするんだよね。剣にしたってそうでしょう？　人を殺すための武器のはずなのに、真の武士道とは人を活《い》かす道である、とかなんとか言っちゃって。いつも技術論を超えて、人格とか哲学みたいな話になっちゃう。禅問答みたいだよね。弓道の、中《あ》てるんじゃない、中たるんだ、とか言うのもそう」

中てようと思ってはいけない、正しい射を目指せというのが教本の、つまりは現代の弓道の教えなわけだが、凜も何度もその矛盾に突き当たってきた。弓って、中てるものじゃないの？　これ、武器じゃないの？　と。「暗黒面」が何なのかはよく分からなかったが、「中てたい」と思ってはいけない、という縛りを息苦しく感じる気持ちはよく分かる。そして実際、目の前の中たりに飛びつき、射形を崩していく生徒たちは大勢いる。以前、早気《はやけ》の症状に悩まされたのも結局は中たりに対する過剰な意識だったのが、今の自分には分かる。

暗黒面。中たりを求めることは、弓道の暗黒面なのだろうか。中たりを求めずに、上手《うま》くなる、的中率を上げる方法などあるのか。『スター・ウォーズ』は知らないが、禅問答のようだとはいつも思っていた。

「……弓道は立禅《りつぜん》、とも言うんですよ。立ってする禅って意味」

「へー。やっぱ何《なん》にしろ禅なんだなあ。高校生なんかに理解しろってのがそもそも無理な話だよ」

凜は頷きつつその言葉に引っかかった。

「……つまりあれですか。わたしたちはどうせ子供なんだから、的中《まとあ》てして喜んでるくらいでいいだろってことですか」

少しむっとして訊き返すと、中田は慌てて手を振った。

「うーん、そういう意味じゃないんだけど。――でもね、そもそも禅問答ってさ、真面目《まじめ》に考えすぎてもいけないもんじゃないかなって、思ってんだよね。例《たと》えばさ、『光とは、闇である』みたいなどう見ても矛盾するようなことを平気で言うじゃん？　あれって結局、修行者を煙《けむ》に巻いてるだけじゃないか、『言葉で考えても無駄だ』って言ってるんじゃないかって気がするんだよね。真面目に考えてる相手を受け流すっていうか。ブルース・リーも言ってるだろ、ドント、シィンク、フィイイイル……『考えるな、感じろ』って。――えーっと、ブルース・リーは知ってるよね？」

「……名前は」

凜が申し訳なさそうに答えると、中田は手で額を叩く。

「おいおいおい。ダメだよ、武道家はブルース・リー観なきゃ！」

武道家――自分は武道家なんだろうか。違和感はあるけれど、どことなく気恥ずかしくも嬉しい響きだと凜は思った。

「……ぼくは実は、ジャッキー・チェンの方が好きなんだけどさ」

4

翌日、射場に立った凜は、昨日までの自分とは何か違っていることに気づいた。中田に愚痴をこぼし、アドバイスなのかなんなのかよく分からない話を聞いてから家に帰り、一晩もやもやと考えはしたのだ。しかし結局結論らしい結論は出ないまま諦めて眠ってしまったから、問題は何も解決していないと思っていた。

実のところ、結論は最初からはっきりしていた。そのことを再確認しただけだったとも言える。アドバイスは求めていなかったし、聞いたアドバイスもおよそ凜の期待とはかけ離れていたけれど、もしかするとあれはあれで的を射ていた――まさに――のかもしれない。

結論はこうだ――色々考えてもしょうがない。

これに尽きる。中田は『考えるな、感じろ』と言ったけれど、ほぼ同じことだ。下手の考え休むに似たり、と言ってもいいかもしれない。うまくいかない時は、黙々と練習するしかない。教本を、棚橋先生の、これまでの先輩たちの教えを、信じる。吉村先生に逆らうつもりはない。でも、安易に中《あ》たりを求めることは、怖い。今、スランプになっている理由ははっきりとは分からない。分からないが、スランプに陥ったらすることはいつも決まっている。基本に立ち返って、足踏みから、胴造りから見直すことだ。打ち起こしなど、射法八節の中の一つに過ぎないし、斜面だろうが正面だろうがそれはどちらでも問題ないと吉村先生自身も言っている。

いまだ見慣れない斜面打ち起こしを使ってバシバシと中てていく仲間たちに惑わされることなく、凜は基本に忠実に、正面打ち起こしの射を続けた。

その日の競射では八射七中。自主練習を合わせても九割近い的中だった。別に何か特別な悟りがあったわけでもないのに、自分でもどうしたことかと思うほどの回復ぶり。結局、メンタルが落ち着くことの重要性を再確認しただけということだろうか。

練習の最後に吉村先生は試合のメンバーを発表した。男子は人数が少ないためもあって、AB二チームだけ。続いて女子。

「Aチーム。大前、本多陽子。二の立ち、前川美晴《まえかわみはる》。大後、篠崎凛《おち》」

えっ、と周囲からも、凛自身の口からも声が漏れた。最近調子のいい人たちはたくさんいるし、凛の調子がずっと悪いことはみんな分かっていたはずだからだ。そろそろ決めなければならないことは分かっていたけれど、今日の成績だけでオーダーを決めるなどとは先生も言っていなかったし誰も思ってもいないことだった。

不満を感じたものはいたのかもしれないが、もちろん表立って異《い》を唱えることはない。女子Dチームまでのメンバーが発表された。綾乃は残念ながら出場出来なかったようだが、ちらりと様子を窺《うかが》うとおどけたように肩をすくめてみせた。最近頑張っていたのに、またやる気をなくさなければいいけれど。

凛が何となく釈然としない思いを抱えているのを見抜いたのか、みんなが着替えに向かう中、ぼーっと立ちすくんでいたところに吉村先生が珍しく近寄り、話しかけた。

「びっくりしてるみたいだね」

「……はい」

先生が人混みを避けるように射位に向かい、端から足を下ろして的を見ながら坐ったので、凛もそのやや斜め後ろに正座した。

「篠崎さんは、いずれ調子を取り戻すって、信じてたよ。あなたは素直で、射形もきれいだもん。そう言ったよね、最初の時に」

それではあれは、ただのお世辞ではなかったのだ。

「——確かに今日は少し調子が戻りましたけど、別に何か摑んだって感じでもないんです。あれこれ悩んでも仕方ないって、吹っ切れただけで」

「それでいいんだよ。それでいい。——悩む必要がないってことじゃないからね。悩んで、考えて、考えて、考えて、どこかで吹っ切って、結局練習する。それの繰り返し」

「……先生にも、スランプありましたか」

おずおずとそう聞くと、吉村先生はぶはっ、と豪快に笑った。

「あった、あった。当たり前じゃん。泣きそうになった——てか泣いたことあるよ。悔しくて、自分が情けなくて。これからはもう泣かないなんて自信もないし」

気力と自信に満ちあふれた様子の今の先生からはとてもそんな姿は想像できなかったが、多分本当のことなのだろう。

少し本音が聞けた気がして、凜はずっと訊きたかったことを思い切って訊いてみることにした。

「——先生は、わたしたちは……高校生は、試合に勝てばいいって考えられてるんですか。中たりがあればいいって」

ちらりとこちらを見て微笑むと、再び前を向く。

「あー、そうだね。そんなふうに見えたんだね。ある意味では、イエス……かな。中たらないと、面白くないでしょう、弓って」

「それはそうですけど……」

「あなたは、弓道に向いてるのかもしれない。真面目で、素直で、根性がある。中たりがなかなか出なくても、ぐっとこらえて教本通りの練習を続けられる。――でもね、学校の部活でやってる人たち、みんながみんなそうじゃないの。基本的にはみんな、今三年間、もしくは大学であと数年。それだけだよ。長いように感じるかもしれないけど、あっという間。チームスポーツも大体そうだろうけど、一人でもできるはずの弓も、学校出ちゃったらなかなかやる人はいない。誰でも行ける弓道場もそんなに沢山はないしね。それが現実。あなたは多分、高校だけでやめようなんて、思ってないんだよね」

「はい」

「弓は一生出来るものだし、できたらみんな続けてくれたらいいなとは思ってる。わたし自身だって、たまたまこの学校に来られたから指導と称して続けられてるけど、もしそうじゃなかったらどうなってたか自信ないよ。結婚したり出産したりしてやめちゃう人も沢山いる。女は特にね。――で、多分この三年間……実質二年半？　でやめていく人たちと、あなたみたいにずっと続けていこうと思ってる人を同じように指導することなんかできないんだ。もしそんなことしたら、きっとみんなには、『弓道って辛かったな』『つまんなかったな』っていう記憶しか残らないかもしれないんだよ？　そんなのより、なるべく多くのみんなに中たりが出たときの気持ちよさとか、試合に勝ったときの喜びとか、そういう想い出を持たせて卒業させてあげたい。そしたら、社会人になって弓を持たなくなったとしても、大人になって余裕ができたとき、もしかしたらまたふと、弓引いてみようかな、って思うかもしれない。他のスポーツと違って、そういうことができるんだよね、弓って」

凛は、文字通り目を開かされる思いだった。そんな視点から弓道を見たことがなかったし、たとえ高校の部活だろうとその指導は一番一所懸命頑張っている人間に合わせて当然とさえ思っているところがあった。

確かに、綾乃がそうであったように、同じ部員でも弓に対する温度差は結構ある。そして、凛や部長に比べれば熱意の薄い部員に対し、いくら歯がゆく思ったところで、「同じ熱意を持て」というのがそもそも無理な話だというのも分かってはいた。チームスポーツでない以上、ポジション争いとかもない。そしてまた、試合当日のコンディションや運の要素が強すぎて、熱心な人間ならいい結果が出せるという保証などまるでないところもまた、強いモチベーションを維持しにくい理由かもしれない。

「――だからね。あなたは、あなた自身の理想に向かって努力すればいいの。正射必中、大いに結構。でも他の人もみんなそうでなきゃダメだなんて思わないで。早気かもしれないし照《て》ってる（弓が反り気味になる）かもしれない。着装も体配もひどいかもしれない。——あんまりひどかったら、わたしだって注意するよ。でも、みんなに少しは勝つ楽しさも味わわせてあげたい。それは、中たりがあってこそでしょ」

棚橋先生は、とにかく礼を、射品をうるさく言う先生だった。すべてに厳しかったかもしれない。吉村先生はその点まるで違う。しかし、彼女の言うことはよく聞いてみればいたってもっともで、そして棚橋先生の教えとも少しも矛盾してはいないように思えた。わたしはわたしの射を目指す。それで何の問題があるだろうか。

「——今度の試合が終わったら……」

凛は言った。

「なに？」

「試合が終わったら、もうちょっと真面目に斜面の練習してみます。今はちょっと怖いので」

「うん。そうだね。色々試してみて、悪いことはないと思うよ」

吉村先生は振り向いて、にっこりと笑った。

第五話　射《い》詰《づめ》

1

既《すで》に会《かい》に入っている。

的には三本の矢が的中しているから、これが最後の一本だ。

中《あ》たれば勝ちで、外れれば負けるとだけなぜか分かっている。

団体戦なのか、個人戦なのかも分からない。

射場《しやじよう》にはたくさんの人がいるようにも感じられるが、凜一人のような気もする。

応援の声が聞こえるような気もするが、それが自分に対するものなのか他の誰かへのものなのか、本当に応援の声なのかどうかも確信が持てない。

まだ離れない。離すことができない。

ぶるぶると両の手が震え、狙いが定まらない。

離さないと。これ以上もう会を保てない。そう思うのに、妻手《めて》は弦《つる》をくわえ込んだままで一向にその口を開けそうにない。離れとはどういうものだったのか、どうすればこの指を離すことができるのか、思い出せない。

もたれだ。

早気《はやけ》になったことはあっても、こんなことは今まで一度もなかった。

弦を引きちぎりそうな勢いで妻手を無理矢理後ろへ引くと、もの凄《すご》い音と激痛でいっぺんに目が覚めた。

「あっ、てててて――」

右手でベッドの横の壁を思い切り殴りつけていたのだった。


このところ、毎日のようにこんな夢を見ていた。本番で弦が切れる夢、一本も中《あ》たらない夢、果ては袴《はかま》を穿《は》き忘れたまま射場に立つ夢――。

今まで、試合や審査の前だからといってこんな夢を見ることなどなかったのに、今回は一体どうしたことなのだろう。

部員全体の士気というか試合への意気込みが上がっていることは確かだ。誰もが、今までより少しはいい成績を残せるのではないかと感じている。今まで予選しか経験のなかったものたちも、決勝トーナメントに行けるかもしれないし、入賞経験のあるものはもしかしたら優勝、準優勝といったこともありうるのではとちらりとは考えただろう。

凛もそうだった。なまじ欲が出たものだから、逆に失敗することへの不安も大きくなった。多分そういうことなのだろう。

右手の甲は少し擦《す》りむいて血が滲《にじ》んでいたものの、指を動かしてみても大した痛みはなかった。こんなことで本番に出られないとか大失敗したりなんかしたらとんだ笑い話だが、この分なら試合当日、気になるような怪我にはならないだろう。

時刻はそろそろ六時だから、もう寝直すわけにもいかない。どっちみち悪夢のせいか痛みのせいか、眠気はすっかり飛んでしまっている。洗面に行こうと部屋を出ると、母は既に着替えてキッチンで弁当作りを始めていた。朝練に行くとなると必然的にこんな時間に起きなければならないのに、いつも文句の一つも言わずに、当然のようにお弁当を用意してくれている。今まで大したことだと思わずにいたけれど、朝食だって後から出かける父の分と二度手間になるし、決して楽なことではないはずだ。

弓にかかるお金だって結構なものだ。すごく余裕があるというわけでもないのに（いつも、お金がない、お金がない、と言っているのでそう判断しているだけだが）、文句を言いながらも結局いつも欲しいと言ったお金は出してくれる。弓そのものにそんなに興味はないようだが、大きい試合などのときは父は万難《ばんなん》を排《はい》してビデオを持って駆けつける。勝ち負けとかではなく、娘の晴れ姿は撮《と》っておきたいらしい。少し恥ずかしいが、ありがたいという気持ちもないではない。

自分が、本分であるはずの勉強もやや疎《おろそ》かにしつつ、弓に明け暮れていられるのは全部この両親のおかげなのだ、と今さらのように思う。

「――おはよう」

声をかけると、母はびくんとして振り向いた。

「びっくりしたー。もう起きたの？」

「うん。――いつもありがとうね」

そんなつもりはなかったのに、柄《がら》にもなく素直な言葉が出ていた。

「何それ、気持ち悪ーい」

くそっ。やっぱり言うんじゃなかった、と後悔して洗面所に向かいかけたが、母は感慨深げに続けた。

「お母さんさ、弓のことは全然分からないけどさ、若いときにこんなふうに打ち込めるものに出会えるって、すごく幸せだと思うんだよねー。お母さん、そういうの何もなかったから。正直羨《うらや》ましいくらい。だから、なるべく応援したいんだ。今、そのときじゃないとできないことってあるでしょ？　あなたが部活できるのは今だけだし、じゃあそれをお母さんが応援できるのも今だけってことじゃない？　お母さんのせいであなたが後悔したら、お母さんも後悔しちゃうと思うんだ」

「……分かった分かった。とにかくありがと。もうしばらくお願いします」

「はいはい」

顔を洗い、歯を磨いて制服に着替えると、もうトーストとハムエッグ、サラダの朝食ができていた。椅子に坐ると、手を合わせて食べる。

「もうすぐだね」

もぐもぐと口を動かしながら黙って頷《うなず》く。

今日は四月二十六日。二十九日が試合だ。後何日もない。

といって、焦っているわけではなかった。今からできることはたかがしれているし、何より当日のコンディションを――心身共に――ベストの状態に持っていくことが重要だろう。

焦っているわけではない。ただ少し欲が出てきただけだ。

勝ちたい。

今まで感じたことがないほど切実にそう思った。


上旬にはまだ残っていた寒さももう随分緩《ゆる》み、朝の自主練に出てくる部員たちも、かつて記憶にないほど増えていた。その分余り矢数はかけられなくなったが、やる気を出しているみんなを見るのはもちろん嬉しい。

中でも本多部長はこのところ絶好調だった。

元々が、女子には強すぎるほどの弓を使っていたのが、斜面打ち起こしにすることで驚くほど楽になったという。武者系とも呼ばれる流派のものである斜面打ち起こしは、強い弓を引くのに向いているらしい。彼女などは、中田が言ったようなプラシーボ効果などではなく、本当に斜面打ち起こしが合っていた例なのだろう。他のみんなも多少波はあるものの、少しずつ的中率を上げてきている。

すっかり斜面が当たり前となった中で、凜はもはや意識もせずこれまで通りの正面打ち起こしの射を黙々と続けていた。部長ほどではないけれど、決して調子は悪くはない。三人でチームを組むもう一人、三年の前川先輩だけが若干調子を落としているようなのが気がかりだった。

凜はどうして自分が大後《おち》（最後）なのかと、こっそり吉村先生に訊ねてみたことがある。大後には自分より、最近成績のよかった本多部長や前川先輩を持ってくるべきなのではないかと。

「んー、あんまり深い意味はないんだけどね。何となく。あなたたちで話し合って、変えたいと思うんなら変えてもいいよ」

そう言われても、先輩である部長も前川先輩も特に不満がないようだったので、後輩である自分が言い出すのは気が引けた。ぐずぐずしているうちに今度は前川先輩の方が凜よりも調子が悪くなり、今になって大後をやって欲しいと言うのも変な状況だった。といって、大前《おおまえ》も責任重大だから、部長に代わってくれというわけにもいかない。

今度の試合は予選で一人二手《ふたて》（四射）ずつ、全部で十二射行なう。参加は十校、女子は全部で三十二チーム。そのうち上位八チームが決勝トーナメントに進める。そこで三回勝てば団体戦優勝だ。例年、七中だと微妙、八中すれば予選は大抵通過できる。優勝はコンスタントに十中、調子が良ければ全射皆中《かいちゅう》というようなチームが獲《と》っていく。今のところ、試合を想定した練習では、前川先輩はよくて二中、皆抜《かいぬ》けもしばしばという状態で、三人で十中したことがない。このままだとトーナメントどころか、予選落ちもあり得る。

前川美晴は百五十センチほどしかなく、手足も驚くほど細い。弓もようやく九キロと女子でも相当弱いものを使っている。一見物静かで大人しいが、内には結構な闘志を秘めているらしく、練習量は部長や凜に決して劣らず、これまで順調に上達してきていたはずだった。弓力《きゅうりょく》が弱い分、きちんと引けていなければ矢を安土《あづち》に届かせることさえ難しい。それをバランスのよい射形と鋭い離れで結構な的中率を出していた。みんなと一緒に斜面打ち起こしに変えた当初はさらに中《あ》たりが増えたものの、凜の目には射形が崩れてしまっているようにも見えた。しかしそれもやはり、部長や先生が何も言わないのに自分が口出しできるようなことではなかったので黙っていた。

それがどうも、三人でチームを組むことになって実戦練習を始めた頃からどんどん中たりが出なくなったようだった。部長も吉村先生もさほど深刻な問題とは思っていないようで、「肩に力が入ってる」とか「基本を思い出して」とか普通のことを言うだけだ。たまたま中たる日もあればそうでない日もあるが、後ろに立つ凜には、上体も各所の十文字も歪《ゆが》んでいるように見えて、指摘したい気持ちをぐっとこらえる毎日だった。斜面が彼女には合ってないのでは、と思うものの、部長自身は斜面で絶好調なだけに納得してくれるかどうか心許《こころもと》ない。

そしてもう練習できる日も今日を入れて三日。調子の波がうまく本番に合ってくれることを願うしかない。

もちろん、他人の心配ばかりしていられる立場でもない。凜は凜で、まず自分のベストを目指すしかないのだ。部長だってそうだろう。吉村先生が来てくれたことで相当負担は減ったことと思うが、チームだけでなく他の部員のことだって気にかけてくれている。凜はかつて自分が中学時代に同じような立場に立って焦る余り早気になったことを思い出さずにはいられなかった。

2

試合当日。

学校の最寄りの地下鉄駅に七時半集合。朝練のために起きているのと同じ起床時間で余裕で間に合うので、朝もしっかり食べてきたし頭もすっきりしている。幸い天気もよかった。雨の日、袴で大荷物を抱えて傘を差しながら向かう試合にどんよりしない弓道部員はどの高校にもいないだろう。

顧問の西川先生と吉村先生が男子二チーム六人、女子四チーム十二人を点呼確認して、一緒に改札を通った。

ばらけないように、他の乗客の邪魔にならないようにしながら（祝日の早朝なのでさほど混んではいない）地下鉄を乗り継ぐうち、袴姿の高校生たちとどんどん合流し、目的地で電車を降りたときには弓を持った選手でホームが埋まる勢いだった。ゾロゾロと改札を抜け、昨年も行った区立体育館まで徒歩十分。

今日は、いわゆる公式戦ではない。古くから交流のある私学十校の親善試合のようなものだ。しかし、都大会、全国大会でも好成績を残す強豪校、古参校も多いため、ここで結果を残すことは大きな自信に繋がる。

常設の弓道場ではなく、大きな普通の体育館だ。仮設の安土といいだだっ広い空間といい、いつもと勝手が違いすぎるけれど、応援、見学の人も屋根があって二階からゆっくり見られるとかいいこともないではない。両親は、後から応援に来てくれる予定だ。そして多分、中田も。

中田は何度か試合の応援というか撮影に来たことがあるものの、今回の凜や他の部員の意気込みを感じたのか、「絶対行きます。頑張ってくださいね」と力がこもっていた。鬱《うっ》陶《とう》しい、という気持ちと、そこにいてくれる安心感と両方があった。いつの間にか、近くで見守ってくれていることが当たり前になってしまっている。

通路の適当なところを荷物置き場にして、荷物番として西川先生を残すと、とりあえず手ぶらで体育館に集まる。開会の挨拶《あいさつ》だ。

学校別に立てられた札の前に、男子AB、女子ABCDと立ち順で並ぶ。凜はちょうど中ほどに立つことになったが、何だかちらちらちらちらとこちらを見ては視線を逸らす人たちがいることに気づいた。

自分を見ているのだろうか？　本多部長ではなく？

何だか居心地が悪いが、もしかすると吉村先生の着任により我が弓道部が生まれ変わったことが多少は知られているのかもしれない。

偉い先生の挨拶が終わると昨年の優勝チームの男子、女子、それぞれ代表が一人ずつ前に出てトロフィーの返還をしている。女子は、もちろんゴムで留めてはいるものの、栗色の長い巻き毛を伸ばした、はっとするほどの美少女だった。恐らくは他校でも染髪《せんぱつ》、パーマは禁止だと思うから地毛なのだろう。昨年もメンバーだったのかどうかは分からないが、優勝候補チームなのは間違いない。あんなに可愛くて弓も強いなんて、天は二物を与えずなんて絶対嘘だ、と凜は思う。中田は映画を撮りたいからだろう、凜や部長のことをしきりに美人だ美少女だとおだてるが、ほんとの美少女というのはこういう人だ。見てるか、中田？　――そう思ってちらりと二階の観客席を探したが、結構な数の人の中からすぐには探し出せなかった。

開会式が終わって荷物置き場に戻るとき、ついさっきトロフィーを返還していた美少女がこちらを向いて突っ立っていたので、思わず正面で立ち止まり、惚《ほ》れ惚《ぼ》れと見つめてしまった。睫《まつげ》が長くてぱっちりした目が、まるでお人形さんのようなのだ。

と、驚いたことにするすると彼女が近寄ってくる。

「――篠崎凜さんですね？」

「え、は、はい！　そうですけど」

凜より若干背の低い彼女は、少し見上げ、上から下まで眺めおろしてからようやくにっこりと笑い、手を差し出してきた。

「烏丸《からすま》女子の波多野《はたの》です。今日はお互い頑張りましょうね」

「え？　はい。あの……」

戸惑いながらも、仕方なく手を取ると、男性のような力強さが伝わってくる。

「じゃあまた後で」

そう言って、波多野と名乗った彼女はくるりと背を向けて、じっと待っていた二人の仲間と共に去っていった。

少し遠巻きにしていたらしい翠学《すいがく》のメンバーも恐る恐る近寄ってくる。

「大丈夫？」

　本多部長が心配そうに顔を覗き込んで訊ねてくる。

「……今の一体、何なんですか……ね？」

「まあ、言いたくないけど……ライバル視されてんだろうね」

「ライバル視って……別にライバル視されるほどの成績、これまで出してないですし、意味分かりません」

「……あなた、ほんとに自分の立場、分かってないの？」

　部長がやや呆《あき》れた様子で訊ねてきたので、凜は最近何をしたか少し考えてみたが、やはり分からなかった。

　周《まわ》りにいた部員たちも一斉に「あーあ」と言ったり、くすくす笑うものまでいる始末。

「……はい」

「中田君がＹｏｕＴｕｂｅに上げたビデオ、どうなってるか観てないの？」

　あまりに予想外の言葉だったので、目をぱちくりするしかなかった。

「え？　入部説明会のやつなら、何回も観たじゃないですか、一緒に」

「そうじゃなくて、その後の話。彼、あなたを撮ったビデオ、いっぱい上げてるでしょ？　一つや二つじゃないじゃない」

「はあ……まあ一応、チェックして上げていいよって言ったやつは上げてるみたいですね……でもわたし、スマホもパソコンも持ってないんで、家では観たことないんですよ。……何かまずいこと……ありましたか？」

邪魔にならないようにということか、部長は凜の背中を押して体育館の隅に移動してから、こんこんと説明を始めた。他の部員もスクラムを組んだように一緒に固まって移動する。

「あなたのビデオ、最近どんどん再生回数増えてたんだよ。聞いてない？　中田君も何も言わなかったの？」

「え、はい……結構観てもらえてるって、喜んでたような気はしますけど……へー、よかったですねって……」

「十日くらい前かな、まとめサイトみたいのができちゃったんだよ」

「まとめサイトって、何ですか？」

「……『天才弓道美少女発見！』とかなんとかタイトルつけて、中田君のビデオをまとめて観られるようにしてあるわけ。学校名も出しちゃってるからご丁寧にうちの学校の地図まで貼《は》っちゃって」

「えー」

「弓道名人は名探偵」とか言われるのも困りものだったが、「天才」も「美少女」も勘弁して欲しい。そうじゃないって自分が一番分かってるから。

「おかげでますます再生回数増えちゃって」

どうやら部長だけでなく他の部員もみんなそのことは分かっていたようで、やや困った様子でうんうんと頷いている。凜だけが知らなかったようだ。

「そうなんですか……でも、それは分かりましたけど、それとさっきのあれが、どう結びつくんですか？」

部長はまじまじと凜を見つめ、やがてぷっと噴き出した。

「そうか。ほんとに分かんないんだね。——いーい？　あなたは今、ちょっとしたスターなんだよ。この狭い高校弓道の世界じゃ特にね。そのうち先物買《さきものが》いのテレビ局が声かけてくるかもしれない」

「そんな！　困ります！」

「あなたは困るかもしれないけど、それを羨ましいと思う人だっているんだよ。生意気だなって。さっきみんながこっちを見てたのはそういう視線だし、烏丸の波多野郁美《いくみ》さんはあの通り可愛くて強いもんだから、元々結構人気あるんだよ。テレビにもちらっと紹介されたことあるって話。ちょっと立場を脅《おびや》かされると思ったんじゃないの？」

呆然とするしかなかった。たとえ中田の上げたビデオをたくさんの人が観て、少々話題になったとしたって、それで凜が余計に美少女になるわけでも突然中《あ》たるようになるわけでもない。今日だっていい成績が出るとは限らないし、もし惨憺《さんたん》たる結果に終わったら、これまで以上にみんなに笑われるということだ。

「気にしてないんだとばっかり思ってた。まさか全然気づいてないなんてね……お願い。射場に立ってるときだけでいいから、こんなことは忘れて集中して」

まだ事情が充分には把握《はあく》できず混乱していたが、凛は頷くしかなかった。

「はい。大丈夫です。……多分」

「……そう。じゃあ、頑張ろう。みんなもね」

「はい！」

期せずして、力強い唱和《しょうわ》になった。変な空気を吹き飛ばしてくれようとしたのかもしれない。

急いで荷物置き場に戻る。凛たちは三立ち目だったので、巻藁《まきわら》一回くらいはできると思い、急いで弓を出して弦《つる》を張り、弽《ゆがけ》をして棒矢《ぼうや》（巻藁用の矢）を持って巻藁が設置された体育館の一角へと向かう。

六つ並べられた巻藁の前にはフォーク並びの長い列ができていたのでその後ろについた。あちこちでひそひそと会話が交わされ、ちらちらこちらを見る視線が痛い。普通の会話は声をひそめず行なわれているので、聞こえたらまずいと思っている会話であることは確かだ。

くそっ、中田め。あんなやつの口車に乗るんじゃなかった。

一瞬中田を責めたが、すぐに反省した。

違う。深く考えず許可したのは自分だ。まあ、あいつが強引だったということもあるけれど。ともかく今はそんなことを気にしてる場合ではない。試合に集中しないと。

巻藁の順番が来ると、手早く二回棒矢を射て、自分自身と弓のコンディションを確認する。大丈夫だ。弦はこの半月ほど使っているもので、中仕掛《なかじか》け（矢筈《やはず》をはめる部分の太さ調節）の具合も、把《は》の高さ（弓の握りと弦の間の距離）も問題ない。

荷物置き場に戻ると、前川先輩と女子数人だけが残っていた。

「巻藁、しなくていいんですか？」

凛が訊ねると、前川先輩は少し困ったように、

「混んでるみたいだし……どうもこういうところでは気後《きおく》れしちゃって」

と答える。

気持ちは分かる。でもそんな意識じゃ本番だってうまくいかないんじゃないの、と凛は思ったが、もちろん直接は言えない。

凛は棒矢を矢筒に戻して壁に弓を立てかけると、弽《ゆがけ》を外してトイレに向かった。トイレはちゃんと朝、袴を穿《は》く前に済ませていたけれど、気持ちを整えるために顔を洗いたくなったのだった。

幸い近くにあった女子トイレに入ろうとすると、個室は全部埋まっていて、外に数人の

列ができている。女子はただでさえ袴だと苦労するから、溜まってしまったらしい。

「すみません。洗面だけさせてください」

洗面台は空いていたのですり抜けて中へ入り、バシャバシャと顔を洗う。鏡を覗き込むとやや気の抜けた顔に見えたので、パンパンと両手で頬をはたくと、予想外に大きな音がした。トイレの列に並んでいる女の子たちからくすくす笑いが起きた。何だか、やることなすこと注目を浴びているような気がする。タオルで顔を拭《ふ》きながら逃げるように仲間のところへ戻った。

もうほぼ全員が揃《そろ》っているようで、凛が戻ると吉村先生が進行を再確認しはじめた。試合に初めて出る者もそうでない者も、神妙に聞いている。

「替え弦は？」

そう訊ね、先生は全員から弦巻に巻いた替え弦を集める。万が一弦が切れた際は、弓と弦を進行係に渡して張り直してもらうことになる。高級な麻弦ならともかく、凛たちが使っているような合成の弦は滅多に切れることはないので、実際試合で替え弦を使ったことはないし、人が使うのも見たことはない。

「あ、あの、もしまだ矢が残ってるのに弦が切れたら、実際どういう手順になるんですか？」

前川先輩が不安そうに訊ねる。

「失《しつ》（弓や矢を落とすなどの失策）のときの処理は昨日も言ったよね？　細かいことは繰り返さないよ。弓、矢、弦の順で拾う。大きい順ね。射位に戻って揖《ゆう》をする。進行係が来るから、弓と弦を渡す。張り替えて持ってきてくれるから、それまで跪坐《きざ》で待つ。――まあ、まずそんなことはないと思うけど、もし弦が切れても世界の終わりじゃないから。動揺して後に響く方が怖い。弦切れに限らず失で大事なことはとにかく焦らないこと。審査じゃないんだから細かい間違いは気にしないでとにかく素早く、堂々とやりなさい。そしてもちろん、自分の前の人が失をしても、追い越すわけにはいかないからね。後の人もじっと待機しておくこと」

棚橋先生もいつも、試合の前には最低限の心構えだけを言ってくれたものだった。吉村先生はまだ若いし、お互い深い信頼関係があると言えるほどのつきあいではないけれど、こうして力強く言ってもらえるとどれも当たり前のこととはいえ安心する。

「いいかな？　じゃあそろそろ移動します」

吉村先生について入場口になっているところまで男子、女子の順で移動し、今しも入場しようとする二立ち目の選手の後ろについた。

この体育館は十二人立ち――四チーム同時に立てるよう設営されている。まさに今、一立ち目のグループが一斉に一射目を射るところが、目隠しに立てられたパネルの横から見えていた。

あの子がいた。烏丸女子Aチームの大後《おち》が、波多野だ。

坐射《ざしゃ》だが、競技の間合いなので流れるようにポンポンと矢が放たれる。的中が出るたびに、観客席や控えの仲間から「よし！」と短くも力強い声と拍手が飛ぶ。社会人の試合では御法度《ごはっと》らしいが、学生弓道は結構やかましい。的中音が掻《か》き消されて聞こえないこともしばしばだ。

一見線が細く見えた波多野も、微動だにしない胴造《どうづく》りを見ただけで長く弓をやっているのだということは分かる。大前《おおまえ》、二の立ちが連続して中てる。小さな顔に似合わぬ逞《たくま》しい両肩が強そうな弓をやすやすと引き分けた瞬間、凛は外れるわけがないと思った。

もちろん的中。

終わってみれば、二の立ちが一本外しただけで、チームとしては十一中。やはり強豪だ。一番成績の悪いDチームでさえ八中。この学校だけが特別なのでなく、全体にレベルが上がっているのだとしたら、凛たちはAチームでさえ予選落ちという情けない結果もあり得る。

二立ち目のこれまた女子四チームが一本目を放つと、男子Aチームを先頭に、凛たち女子ABも射場に入場し、本座《ほんざ》で跪坐をして待つ。

普通の道場とは違う、広いけれど閉塞《へいそく》した空気に、凛は耳鳴りを覚え脈が速くなった。

射場に置かれた床は、学校のものと比べて滑りが悪く、足袋《たび》にところどころ引っかかるような感じだった。正確に測って二十八メートル先に置かれているはずの的は、何だかいつもより遠く、小さく見える。

雰囲気に飲まれちゃ駄目だ。

的中音に被《かぶ》さる「よし！」の声と拍手、それらが耳鳴りと一体になって鼓膜《こまく》だけでなく全身を圧迫してくるようだ。

前のチームの大後《おち》が一歩下がったのをぼんやり見ていて、部長と前川先輩が立ち上がるのに、ほんの少し遅れた。

駄目だ。息が合っていない。というか、状況が把握できていない。

ロボットのように射位に向かい、跪坐、開き足で向きを変え、弓を立てる。

後は前を追い越さないように射るだけだ。いつも通り、いつも通りやればいい。

部長が中てた。

「よし！」

応援のみんなと一緒に、凜も心の中で呟《つぶや》く。

前川先輩のことはもはやほとんど気にしていなかったが、何だか肩から無駄な力が抜けてるようだ、と思ったら、ふわりと飛んだ矢は見事に的中した。

調子がいいのかもしれない。これならいける、とやや遅れて引き分け、会に入った瞬間、弓が手の中で跳ねて、飛んだ。

弦が、切れたのだった。

信じられない思いで、射場の端まで飛んで落ちた弓を呆然と見ていた。

3

「慌てないで、素早く！」

本座の後ろに座っていた吉村先生から、小さく鋭い声が飛んで我に返った。それと直前の吉村先生の言葉を思い出さなければすぐに行動できたかどうか疑わしい。

まず素早く落ちた弓のところまで進み、拾う。道場だったら下に落ちていたかもしれないような場所まで飛んでいた。次に戻ってきて矢、そして二つに分かれて落ちている弦。どたどたしないようにだけは気をつけたが、足の運びも多分滅茶苦茶《めちゃくちゃ》だ。

とにかくみんなに謝らなければという思いで、跪坐をし、揖というには深すぎる礼を長々とした。『すみませんでした！』と声をあげたい気分だった。

誰かが飛んできて弓と弦を持っていったが、顔を直視することもできなかった。

ふと気づくと、次々と弦音《つるね》や的中音が聞こえてくる。女子Aチーム以外は、そのまま続けているのに、部長と前川先輩だけは、じっと凜が復帰するのを待っているのだ。ルール上はもう凜の一射目は終わっているのだから、二人はさっさと二射目をやってもいいはずだが、それでは多分一人待つことになる凜が焦ると思っているのだろう。

申し訳ない。みんなに申し訳ない。きっとみんな、動揺したことだろう。自分がやったことでなくても、失というのは影響を与えるものだ。多分、すぐ前にいた男子チームだってその音に驚いたに違いないし、目の前で弦が切れるのを見た女子Bチームの動揺は計り知れない。

みんな動揺を抑えて、実力が出せますように。

祈るしかなかった。

やがて張り替えた弓を持ってきた人が、弓手の中に弓を押し込んでくれる。そうするのだったかどうか分からなかったが、反射的に揖をする。

矢を番《つが》えたままじっと待っていた部長が、すっと立ち上がる。続いて前川先輩。凜も慌てて弓を立て、乙矢《おとや》を番え、立ち上がる。

部長は何だか、一つ一つの動作をいつもよりゆっくりと行なっているようで、前川先輩とほとんど同時に取《と》り懸《か》けまで追いついてしまう。

わざとゆっくりしてくれている。後ろのわたしたちに焦るなと言ってるんだ。

凜はそう思い、感謝すると同時に安心した。部長は動揺するどころか、後ろの二人のことを気にかけてくれている。

全体で時間制限はあるけれど、普段通りやれば充分余裕はある。慌てる必要はないのだ。

思った通り、その後の打ち起こしも、引き分けも、会も、いつもより長い。そしてようやく離れた乙矢はまたしても真っ直ぐ飛んで的中した。

凜は、部長に抱きついて泣きたい気分だった。絶対に自分も、この一本を外すわけにはいかないと思いながら、大三《だいさん》から引き分けへ。

部長のおかげで動揺しなかったのか、前川先輩も乙矢を中《あ》てた。

落ち着いて、落ち着いて。必ず中たる。

会のとき、さっき弦が切れたときの感覚が蘇《よみがえ》ったが、すぐに打ち消す。

ぴたりと的付《まとづ》けをすると、やや長めの会の後、矢は吸い込まれるように的に中《あ》たった。

「よし!」

たくさんの応援の中に、聞き覚えのある声がはっきり聞き取れた。父の声だ。声が大きいのがいつも嫌だったが、こういうときは頼もしい。

大丈夫。大丈夫だ。

二手目。

もう既に、他の三チームは四射目を終えた大後《おち》が退場を始めている。

さっきよりは少し早めの動作の部長。いつもに比べればまだ少しゆっくりめだろうか?

的中。この確実さが与えてくれる安心は半端《はんぱ》ない。

前川先輩が外したが、枠すれすれの惜《お》しいところだ。調子を崩しているわけではない。

凜は的中。

そして部長はもちろん、今度は前川先輩も最後の矢を的中させた。これで九中。まず決勝には出られるだろう。

前川先輩が退場を始める中、凜はギリギリまで我慢して最後の矢を放つ。十中。一際《ひときわ》大きな拍手と歓声を受け、半ば放心状態で凜も退場する。

体育館の外に出て、部長が振り向いて苦笑した顔を見た途端、足から力が抜けて倒れそうになった。

「ヒヤヒヤさせてくれるじゃないの」

「――皆さん、すみませんでしたっ！」

思い切り、頭を下げる。

「ごめんなさい。他のチームの成績、見る余裕がなかったんですけど……どうなったんでしょう？」

「邪魔だからちょっと脇にいようか。――大丈夫。期待以上だったよ」

部長が言い、みんなで少し脇に退《しりぞ》く。女子C、Dチームが次の立ちに入ったので、みんなで退場口から様子を窺《うかが》う。

「男子Aは八中。Bは七中。女子Bは八中。篠崎さんを見て、みんな自分が頑張らなきゃ、って思ったんじゃない？　決勝行けるかどうかはまだ分からないけど、みんなよくやった。

篠崎さんも、あの状況でよく残りを中てたね。ほんと、感心する」

よかった。みんなの足を引っ張らなくてすんだ。

いい夢なのか悪夢なのか、なんだかまだすべてが本当のこととは思えない。そういえば弦が切れる夢を見たことがあった、と今になって思い出した。

「でも一体なんで……？　よりによって、こんなときに――」

急に悔しさと恐怖が今になって込み上げてきて、言ってもしょうがない愚痴《ぐち》をどうしても口にしてしまう。

「思いもよらないことが起きるから、アクシデントなんだよ。あなたはうまくそれを乗り切った。それが強さだし、これでもっと強くなれる。そう思いなさい。他のみんなにとっても、そうだったはず」

部長だってこんなことは初めてのはずなのに、メンタルがよほど強いのか、それとも部長という責任を負うことで成長するものなのか――。凛は改めて感嘆し、感謝した。

女子のC、Dチームは六中、五中と実力相応の結果で戻ってきたが、表情は晴れ晴れとしていた。

吉村先生と一緒に荷物置き場まで戻る。

「みんなとりあえず、お疲れ様。午後、試合がない人は観客席からしっかり応援してね。篠崎さん、もう一本替え弦、ある？」

「……すみません。ないです」

「そう。じゃ、新品があるから、一応これで用意しといて。また切れるなんてことはないと思うけど、念のため。切れたら後がないなんて思いながら、思い切りよく引けないでしょ？」

先生は立ち止まり、こういうときのために持っていたのか新しい弦と一緒に凜の弦巻、そして切れた弦を返してくれた。他の部員が少し離れたのをちらりと見て、声を潜《ひそ》めた。

「――あなたじゃなかったら黙ってるところなんだけど……」

「はい？」

「……いや、ごめんなさい。忘れて。やっぱり、終わってからにしよう」

「え、え、なんですか、それ。気になるじゃないですか」

「いいからいいから。後でちゃんと話すから。今は気持ちを休めて、午後に備《そな》えて。ね？」

「……はあ」

何だか釈然としない。こんな歯切れの悪い話し方をする先生じゃないはずだ。そう思ったが、吉村先生はこれで終わりとばかりに仲間の後を追いかける。

試合が終わってからの方がいいと先生が思ったのだから、素直に忘れた方がいいに違いないのに、凜はつい色々と考えてしまった。

――弦が切れたことと関係あるのかな？

ふとそう思いついた途端、それ以外考えられなくなった。

凛は弓と矢をちょっと立てかけ、先生に渡された切れた弦を恐る恐る確認した。ずっと後ろに控えていただけの先生が何かを知ることができるとしたら、この弦しかない。

なぜあんなタイミングで切れたのか。

真っ二つに切れたんだったな、と思いながら二つの弦の切れ目を揃えてよく見る。中仕掛けの、ちょうど筈《はず》をかける部分で切れているようだった。まるで刃物で切れ込みを半分入れてからひきちぎったような断面だ。

ぞっとした。

そもそも凛は、弦の状態をちゃんと確認したし、本番の前に巻藁を二回している。あのとき何も異常はなかった。その合成の弦が本番でいきなり切れたことも極めて珍しいことだけれど、これまで見てきた切れ方は、たいてい離れの瞬間だ。引き分けただけで切れたのは見たことがない。しかし、弦が傷つけられていたのだとすれば、あの切れ方には納得がいく。

どうしよう、先生の言うとおり、こんなことは気にせず忘れてしまえばよかった。どうしよう――。

「お疲れ様。大変だったね」

突然後ろから声をかけられて、ぎくっとして振り向いた。

中田が、ニコニコといつもの屈託のない笑顔を浮かべてゆらゆら立っているのを見て、無性《むしょう》に腹が立つと同時に、なぜだかすごく安心した。どこか奈落の底に落ちてしまいそうな気持ちを、引き留めてくれた。そんな感じだった。

「なんか、すごい顔だけど、大丈夫？」

慌てて顔を逸らす。

「すごい顔って、何。その言い方！」

「あ、ごめん。その……なんか怖いものでも見たような顔っていうか」

まさにそうだ。試合前に、弦に切れ込みを入れられたかもしれないだなんて、そんな恐ろしい考え、信じたくないし、誰にも話せない。

誰にも……？

「――ちょっと、こっち来てください」

凜は、弓矢を摑むと、中田を引っ張って小さな通用口から外に出て、誰も来そうにないところへ連れていった。葉だけになった桜の下で雨ざらしになって元の色の分からなくなったベンチを見つけ、腰掛ける。

「なんだよ、一体」

「いいから坐って」

中田が坐ると、凛はまず切れた弦を見せ、順を追って説明した。合成の弦は滅多に切れないこと、直前に巻藁をしていること、切断面に刃物のような切れ込みが見えること。

「えー、なんだよそれ。そんなひでーことするやつ、いる？　トウシューズに画鋲《がびょう》みたいな話だね」

「……トウシューズに画鋲、って何？」

「えっ、よくあるでしょ。バレエのプリマドンナ争いをしててさ、ライバルが主人公のトウシューズに画鋲入れるの。弦が切れても怪我はしないだろうけど、動揺して調子を崩す可能性は高いよね。今回は幸い、みんなうまく乗り切っちゃったから不発だったけど」

ぱっと、声をかけてきた波多野の顔が浮かんだが、凛は急いで首を振った。

「信じられない。弓をする人がそんなことすると思えない――思いたくない」

「そんなこと言ったってねえ……じゃあ、個人的な恨み？　あ、ごめん。篠崎さんを恨んでる人なんかいないと思うよ。思うけど、一応ね」

凛は躊躇《ためら》いながらも、どうやら中田のビデオが原因で、変な注目を浴びてるらしいことを告げた。そして、波多野郁美に声をかけられたことも。

「あれがほんとの美少女だよ。中田さんも見たでしょ？　最初のチームの大後《おち》の子」

中田はてっきり目を輝かせるかと思いきや、「あー」と気のない返事。

「確かに、可愛いっちゃ可愛い子だったたね」

「え、意外。あんな可愛い子見たら、映画撮らせてって言いに行くのかと思ってた。わたしなんかよりずっと見栄《みば》えしますよ」

「んー。ああいうお人形さんみたいのは、あんまりぼくの創作意欲が湧くタイプじゃないんだよね。一応ズームしちゃったけど。チェックはしちゃうんだ。性《さが》かな。敵役《かたき》ならまあいいかもしれないけど。ロリータファッションにして、鎖鎌《くさりがま》持たせるとかね。そうそう、『キル・ビル』の栗山千明《くりやまちあき》とかさ、ああいう感じで。でもそれじゃパクリっぽいかな。もうちょっとオリジナリティが欲しいか」

映画も女優の名前も分からなかったが、何よりあの波多野に鎖鎌を持たせたいという感性が理解できなかった（ロリータファッションはともかく）。やっぱりこの人に自由に映画なんか撮らせたら、ろくなものにならないのではなかろうか。

「まあでも、あれだけ目立つ人だと、熱狂的なファンもいるかもね。彼女のライバルになりそうなやつを予《あらかじ》め潰しておこう、とか考えても不思議じゃない」

「でも、選手以外がうろうろしてたら怪しいですよ」

「〝ファン〟が選手じゃないとは言ってないよ。彼女のチームメイトかもしれない。他校の選手ってこともありうるな。試合で見かけてファンになるってことはありうるんじゃない？　特に、男子校の選手とか」

凛が波多野に声をかけられた場面は何人もの人が見ていた。表面的には和《なご》やかだったはずだが、対抗意識を燃やしているように見えたとしたら、あるいは……？　いや、別にあの場面を見ていなかったとしても、彼女が凜に含むところがあると知っている者はいたかもしれない。

「しっかし、こんなにたくさん容疑者がいたんじゃ、絞り込みようがないよね。もし犯人が分かったところで、認めさせるのはこれまた至難の業だなあ」

自分は犯人を捕まえて問いつめたかったのだろうか？　いや、そうじゃない。ただ、一体どんな悪意が自分に向けられているのか、知りたかっただけだ。もし中田が言うように、波多野を好きなファンが、凜や凜のチームが負ければいいと思ってやった、というならそれでいい。やり方は酷《ひど》くて許せないが、捕まえようがないし、負けさせることが目的なら、失敗に終わった。逆にみんなの意気は上がってるし、もしかするとトーナメントでもいいところまで行くかもしれない。そうしたら犯人は悔しがることだろう。

「もう、いいです。ちょっと怖かったけど、中田さんに話を聞いてもらったら、なんかどうでもよくなりました」

「そう……？　ならいいけど、大会委員会かどこかに報告しないでいいのかな？　こんなことされました、って言っておいた方がいいんじゃ……」

「駄目。みんなには黙っておきたいから。せっかくいい調子なのに、不安にさせたら崩れちゃうかも」

吉村先生も恐らくそれを心配して口を噤《つぐ》んだのだろう。報告するとしたら先生がするのではないか、と凜は思った。

「さっきのが失敗したから、また何か仕掛けてくる可能性はないですかね？」

「まさか」

そこまで陰湿につけ狙うような犯人だろうか？

「……まあでも、弓具から目は離さない方がよさそうですね」

凜はそう答えながら、大体、西川先生はどこに行ったんだ、と考えていた。何にも仕事をしないんだったら荷物番くらいしておいてくれたらいいのに。

「今回は団体戦だけなんですね？　だとしたら、篠崎さんだけじゃなくて、本多さんや前川さんが狙われる可能性もあるかもしれません。合計で悪かったら、勝てないんでしょ？」

確かにその通りだ。凜に恥をかかせることが目的なら狙いは凜一人だけになるが、勝負なら他の二人を狙うのも有効だ。

「そうですね。とにかく、気をつけます。多分、そうそう無茶なことはできないだろうし」

4

結局、同点チームによる射詰《いづめ》なども行なわれ、翠星学園は男子Aチーム、女子ABチームがトーナメントに出られることとなった。女子だけでも九校、三十以上のチームが出ている中、二チームを送り込めたのは上出来といっていいだろう。

昼食の後、まず男子一回戦。八中対十中で残念ながら敗退。

女子Aチーム一回戦、部長は皆中、前川先輩は三中、凜も三中で、予選同様十中。相手は七中だったので楽々勝利。Bチームは残念ながら大崩れして五中で敗退。それでも決勝が初めてだった面々は満足げだった。

二回戦には、烏丸女子のAチームだけでなくBチームも残っていて、凜たちはまずそちらと当たることとなった。

予選で九中、一回戦で十中しているから、今日だけで見る限り互角の相手だ。心なしか彼女たちの凜を見る目が鋭い。ここで阻止すれば総大将・波多野と凜を対決させずにすむと思っているのかもしれないが、どうせならこれまで二回の皆中を出している部長の方をライバル視してくれよ、という気分だった。

しかし、ここへ来て部長が一本目を外し、それに釣られたように前川先輩も外す。もう後がないと思っていい。凜が意地で中てると、部長も中て、前川先輩も中てた。持ち直せた。終わってみればまたしても十中。応援席の歓声を聞いてから弓倒《ゆだお》しをしたとき、ちらりと烏丸Bの看的板《かんてきばん》を見て九中——辛勝《しんしょう》したことを知った。

後は決勝だ。

退場するとき、本座にいた同じ大後《おち》の波多野の横を通る形になり、思わずちらりと視線を合わせてしまった。

嬉しそうに微笑《ほほえ》み、少し潤《うる》んだその瞳は、何だか興奮しているように見えて、凜は背筋が寒くなった。

烏丸Aはここで十二射皆中で勝ち上がった。

「勝てる気しないよね」

半笑いで言った前川先輩を、凜と部長が同時に睨《にら》むと、きょとんとした様子。

「だってあそこ、十中、十一中ときて皆中だよ？　あたしたちの最高が、あそこの最低。勝てるわけないでしょ」

「——そうだね。でも、前川さんだって、皆中することあるじゃない。わたしも、篠崎さんも、今日は皆中出してる。十一中だって、十二射皆中だって、ありえない話じゃないよ」

前川先輩はちょっと傷ついたような目をして、珍しく言い募った。

「ここまで来れただけですごいじゃない。もう充分じゃん！」

本多部長は不思議そうに前川先輩を見下ろした。

「ここまで来れただけですごいことなのは分かってるよ。つまりそれって、いつまたこういうところに立てるか保証はないってことだよ？　今ここで勝つのと、別の試合でまた決勝まで勝ち上がって勝つのと、どっちが簡単だと思うの？」

前川先輩は目をぱちくりさせた。凛も、考えもしない視点だったので、思わず納得して深く頷いてしまう。

気を抜くつもりなどもちろん最初からなかったが、とにかく皆中しかない、そう思った。今日は多分、乗っている。弦切れの一本はともかく、実質外したのは一本だけとも言える。集中さえ切れなければ、もう一度皆中は可能だ。そして部長も同じだろう。問題は前川先輩だが、三中、三中、三中とある意味充分な出来だ。十一中は決して夢の数字ではない。そして敵だって、毎回十二射皆中というような怪物じゃないのだ。怯《ひる》む必要などない。

波多野郁美はこれまですべて皆中。抜群の安定感だ。大前が一本、二の立ちが二本、外しているだけ。調子を徐々に上げているのだと考えると、この二人がそうそう崩れることも期待できない。

男子の決勝が始まるのに続いて、烏丸女子A、翠星学園女子Aの順で入場し、本座についた。

目の前では、さすがに男子の決勝とあって、一際パワフルで勢いのある射が連続する。十一中対十中という白熱する戦いだったが、凛はほとんど見てもいず、心を動かされることもなかった。

長い一日だった。団体戦でここまで来たのは初めてだから、一日の試合でこれだけの本数を射るのも余りない。でももちろん、練習で射る本数とは比べものにならない。体力も、気力も、まだまだ残っているはずだ。

いや、どうだろう。体力はともかく、やはり試合というのが気力、集中力を相当に削るものであることも確かだ。勝ちたい、と意気込んできただけに、一射一射に注ぐエネルギーもいつも以上だ。あと四射。残ったエネルギーを出し尽くすしかない。それで負けたら――あるいは、他のメンバーのせいで負けたら――それはもう仕方がない。後悔だけはしたくない。

男子の大後《おち》二人が最後の射を終えて大きな拍手と共に一歩下がると、本座の女子六人は何かで繋がったように同時に立ち上がり、射位に進んだ。どちらが早くなることもなくすべての動作がシンクロしていた。烏丸女子は全員が斜面打ち起こしだったので、そこでも部長、前川先輩は彼女たちとシンクロしていた。凛だけがただ一人、正面打ち起こしから、大三《だいさん》へ。

ほとんど同時に二つの的中音。烏丸の大前と部長だ。部長は相変わらず安定している。

しかし、前川先輩の矢は、またしても不安定なときに戻ったようで、ブレブレで飛ぶ。しかしかろうじて中たった。

大丈夫。行ける。

一点の曇りもない気持ちで放った矢は今日一番の矢勢《やいき》で飛んでいき、的心に刺さった。

敵も味方もとりあえず全員が的中。身体がかっと熱くなるのを感じながら跪坐し、乙矢を番える。

今までにない感覚だ。ドキドキする。怖い。でも楽しい。

二本目。凜があえてゆっくりやっているせいか、少し烏丸女子が先行している。大前が中て、部長が中てる。烏丸の二の立ちが中て、前川先輩が外した。

まずい。多分もう、後がない。前川先輩は昨日までの射に戻っているから、残りの二本も期待できない。

当然のように、波多野が中てる。

凜は、自分の的だけに注意を向けることにした。それでいい。自分の射さえできれば中たる。そう信じて、確信して放った矢はさっきとほとんど同じところに中たる。調子がいい。的の中心が、いつもよりくっきり見えている。

次の三本目も、全員が中てた。

前川先輩も、やや不調とはいえ、食らいついている。諦めてはいない。

最後の矢。烏丸女子の前二人が中てた時点で、敗北は覚悟していた。多分、部長も前川先輩もそうだったろう。部長は淡々と的中させ、退場する。

烏丸の最後の波多野と前川先輩の矢がほぼ同時に放たれ、一本が的中し、一本は外れた。

一瞬、見間違えたのかと思った。前川先輩の矢が中たり、波多野の矢はわずかに外れていた。

凜は今ひとつ事情が飲み込めないまま矢を放し、的中させた。

皆中だ。やりきった。これで後悔はない。

そう思いながら退場を始めてから、ようやくこれがどういう状況か理解した。

十一中対十一中。射詰《いづめ》をしなければならない。

射詰は、いわゆるサドンデスだ。一人対一人なら、一本ずつ矢を射て、両方中てた場合、あるいは両方外した場合、さらに一本、さらに一本とどちらか一方が中てて一方が外すまで続く。団体戦の場合、両チーム全員が射て、的中数でどちらかが勝《まさ》るまで続く。

決定戦で使われる方法の一つだが、時間が余り取れない場合は必ず一本でカタがつく「遠近《えんきん》」という方法もある。的の中心に近い方が勝ち、という「ニアピン」方式だ。

凜は、勝つか負けるか、そのことばかり考えていて射詰の可能性をすっかり頭から消し去っていた。泣いても笑ってもこれが最後、そう思って気力を振り絞っただけに、まだ終わらない、ということ自体にまだ呆然としていて、すぐには気分を切り替えられなかった。負けたと思った勝負が引き分けだったのだから喜んでもいいはずなのだが、長引けば長引くほど、地力で勝る烏丸女子に分があるのは分かりきっていた。このままでは駄目だ。

進行係が射詰を行なうこととその手順を選手たちに向かって説明している。一本ずつなので、立射で行ない、本座に下がって跪坐して待つ。もし一回で勝負が決まらなければもう一本。矢はとりあえず四本持って入場しておく。

まだ、今使った矢が戻ってきていないから、少しだけ時間がある。

「すみません、ちょっと」

凛は前川先輩の肘《ひじ》を摑んで、体育館の壁際まで引っ張っていった。

「ちょっと、何？」

「――射形が崩れてます。多分変な力が入ってるんです。どこがどうってとこまでは言えませんけど。今日の初めの頃の射はよかったのに」

「はあ？　――あなたに何が分かるの」

凛は意を決して、彼女の目を覗き込み、言った。

「全部。全部です」

色白の顔がさっと青ざめ、次に紅潮する。

「なに……何言ってるの」

「お願いです。責める気なんかないんです。ここまでよく頑張ったじゃないですか。後少し、後少し頑張りましょうよ。本気で」

「……もう無理だって。勝てるわけないじゃん。もういいでしょ？　終わりにしようよ」

目を逸らし、疲れ切ったように漏らす。

「勝たなきゃだめだって言ってるんじゃないんです。わたしは後悔したくないだけ。先輩だって、そうでしょう？　後悔したくないじゃないですか。精一杯やって失敗したって、恥ずかしくもなんともない。でも、精一杯やったかやらなかったか、自分だけは分かるんですよ。あのとき精一杯やらなかったって、ずーっと責められるんですよ、自分に」

何をえらそうなことを、と言いながら思わないでもなかった。しかしとにかく今は、時間がない。言葉を選んでいる余裕はなかった。

「篠崎さん？　前川さん？　何してるの？」

吉村先生の声だ。もう入場しなければ。

「――とにかくわたしは、諦めるのは嫌ですから」

それだけ言って、入場口へと向かう。

そう、最初は思いもよらなかったが、試合が進むうち、弦に仕掛けをしたのは前川先輩だったのだろうと確信するようになった。大体、他校の人間が、狙った人間の弦に仕掛けをするのは不可能に近い。弓を持っているところを何度か見たとしても、握り革が多少違うとはいえ、みな似たような弓でまとめて置いてしまえば区別も難しい。翠学の選手の弓ならどれでもいい、という無差別な犯行ならまだ分からないでもないが、それでも、たとえ誰も荷物番がいなかったとしても、他校の弓具をいじっているところを見られるのはリスクが高すぎる。ほとんど初めから、波多野郁美やそのファン、という可能性は捨てていた。

しかし、同じ部の仲間が困り、結果的に自分も得をしないような行為をする人間がいるとはどうしても考えにくい。

前川先輩が、最近になくのびのびとした射をしているのを見て、あれっと思ったのだ。気を楽にさせるような何かがあったのだろうかと。試合前、わざわざ弦が切れたときの処理について先生に確認していたほど、神経質に見えたのに。

彼女は、「自分のせいでチームが負ける」という事態を避けようとしたのだ。といって、凜を大崩れさせるほどのことはしたくなかった。だから、弦が切れても最低限の動揺ですむよう、わざわざ凜に聞かせるために弦切れの際の処置を先生に繰り返させた。

結果、チームとしては勝ったが、それは彼女にとって失敗ではなかった。「自分のせいで負ける」という事態を避けたという意味では、仕掛けは成功だったのだ。もし、ここ最近のように調子が悪く一中とか二中だったとしても、後ろで凜があんな失敗をした後なのだから、誰もがそちらに目が行くし、そのせいで動揺したとしても仕方ない、と解釈される。

予選を勝ち抜いてトーナメントに進んだ以上、恐らく彼女はどこで負けてももういいや、とある意味気楽にやっていたのだと思う。それが逆に無駄な力の抜けた、彼女本来の射を取り戻すことになっていたのかもしれない。しかし、予想以上に勝ち進み、決勝まで来てしまうと、再び重圧を感じるようになったのではないか。部長も、凜も、決して調子は悪くない。自分だけが一本、あるいは二本抜いて負けたら……その不安が、射に表われた。

彼女がしたことは、許せないことだけれど、どこか理解できなくもない。自分たちはみんなそれぞれ、自分の弱い心と戦っている。少し状況が違えば、何か魔が差すこともあるだろう。今さら彼女を責める気はない。さっきの自分の言葉が、かえって彼女を萎縮《いしゅく》させることになるのか、踏ん切りをつけさせることになるのか分からないけれど、とにかく今は、彼女の実力を出し切って欲しい。それだけだ。そしてできることなら——。

凜たちは烏丸女子の後ろに並び、再び射場へと入っていった。


さっきと同じ六人が、さっきと同じように入場し、本座につく。立ち上がり、射位へ。立射なのでそのまま足踏みをして、一本だけ持った矢を番える。四本ある中から、一番羽根のきれいなものを持ってきた。

取り懸けて、顔向け、打ち起こし。

音だけを聞いていた。烏丸的中、部長的中、烏丸的中、前川先輩的中。

深く考えず、ただ的だけを見て、的のことだけを考えて離した。パパン、と重なる的中音。

全員的中。もう一本だ。

始まる前に半ば覚悟していたことではあったが、実際そうなると精神的に来るものがある。

勝つためには、烏丸が外すまで、中て続けなければならない。そんなことが可能なのだろうか。

本座に戻り、三本の中から比較的ましな矢を取る。

再び射位へ。

全く同じことが繰り返された。体育館は悲鳴とも歓声ともつかぬ声で満ちる。

暑いと感じているわけでもないのに、全身から汗が噴き出してきた。

隣の前川先輩を目の隅で窺うと、これまで見たことのないような形相《ぎようそう》をしていた。いつもは隠している、抑えている闘争心を剝《む》き出しにしたようなきつい表情だ。闘争心はあるけれど、肩の力は抜けている。安定が、戻ってきた。

三本目。

的中、的中、的中。

全員、三中だ。

まだ終わらない。

最後の矢は、当然のことながら、一番すり切れた羽根の一本だ。これで決まらなければ残りの矢を、さらには矢取りで戻ってきたものを使い回すことになるのだろう。

どこまでも、どこまでも食らいつくつもりで凜は射位に立った。

しかしもちろん、誰もが疲弊《ひへい》していたのだろう。

的中音は一つずつしか聞こえてこなかった。遠くから。

部長が外し、前川先輩も外したのだ。どちらの矢も、的をわずかに逸れて安土に突き立っている。

負け確定だ。

ぼんやりと思い、その瞬間全身の力が抜けてしまいそうになるのを、必死でこらえた。関係ない。そんなことは関係ない。わたしはまだやれる。

凜は丁寧に息を吐ききると共に、本当に最後となる矢を放った。

5

一位から三位（決勝の前の決定戦で決まった）までの表彰、優勝トロフィー授与があり、閉会の挨拶となった。

「お疲れ様。お疲れ様。よくやったよ」

吉村先生も、西川先生も、嬉しそうに声をかける。誰も悔しがってはいなかった。凜は、悔しいという気持ちもなかったが、ただただ長い試合が終わったことに放心していた。前川先輩は少し泣いているようだったが、爽《さわ》やかな表情をしている。少し申し訳なさそうに凜を見たので、気にしてないという意味で軽く首を振った。

解散となり、拍手を浴びながら退場しようとしているところへ、烏丸女子の三人が近づいてきたので、凜たちは揃って頭を下げた。

「お疲れ様でした。——ありがとうございました」

「お疲れ様でした」

波多野郁美は微笑みながら手を出してきたので、おずおずとその手を握った。今はもう怖いとは思わない。ただただ、すごい人だという尊敬の気持ちが芽生《めば》えていた。

「思った以上に、素晴らしかった。ね、そう思わない？」

「はい……大変なことに、なっちゃいましたね」

「最後のあの一本中てたのも、しびれちゃった。根性あるんだね」

「……そんなこと……ないです。できるところまでやろうって思っただけで」

いつまでも握手をしているのでどうにかして失礼にならないよう手を引っ込めようとし

ているところへ、たくさんのフラッシュが焚《た》かれる。

「あなたは二年生なんですってね。わたしは三年だからもう今年だけしか機会はないけど、是非またこんな試合ができたらって思います」

何だか芝居がかったことを言う人だなあと思いながらぽかんと見返していると、後ろから白いポロシャツ姿の中年男性が近づいてきて、凛に名刺を差し出してくる。

「この方、テレビ局のね、プロデューサーさん。あなたのこと、取り上げたいって。もちろん、わたしも一緒だから心配しないで」

「え、それって……え？」

どうやら、今回の試合の様子と共に、二人をピックアップして取り上げた番組を作りたい、ということらしかった。

「細かい話はまた後日、連絡をいたしますので」

そう言って、プロデューサーは波多野と共に去っていく。彼女は去り際《ぎわ》にもう一度振り向いて、にやりと笑って手を振る。

また新たな疑念が心に生じていた。

決勝のあの場面。波多野が唯一外したあの矢。あれを中てていれば、射詰はなく、その時点で烏丸女子の優勝だった。

まさか、あれをわざと外したなどということは、ありうるだろうか？　ライバルとして使えそうな凛を、もう少し試すために？

まさか。そんなことはない。あの場面でわざと外すなんて、そんなことのできる人はいない。

凛はそう思おうとしたが、どうしても一度湧いた疑念は晴れなかった。

みんなで体育館を出ようとしていると、入り口のホールで両親が待っていることに気がついた。そのすぐ隣には、中田がなんだか恐縮した様子で立っている。

「凛、すごかったな！　お父さん、もう泣けちゃって泣けちゃって」

凛の姿を認めると、どたどたと近づいてきて抱きしめようとするので、ぐいと突き放した。九十キロ近い身体の父に抱きつかれると、暑苦しくて仕方ない。

「分かった分かった。ありがとう。——まあ、優勝できなかったけどね」

「優勝みたいなもんだよ！　お父さんの中では凛が一等賞だ」

「恥ずかしいからやめて」

「恥ずかしいことなんかあるか。ねえ？　先生もそう思うでしょう？」

「——篠崎さんは立派でしたよ。最初から最後まで」

吉村先生も、少し苦笑いを浮かべながらそう答える。

「ほら！　先生もこう言ってる！」

「……もういいから。帰るし」

「ちょっと待ってくれよ。——そうそう、この彼、凜の知り合いか？」

近くに立っていた中田の襟《えり》を摑むようにして引き寄せると、凜に訊ねてくる。

「……先輩だよ。放送新聞部で、ビデオ撮ってくれたりとか、まあ、色々お世話になってる、かな」

「そうか……嘘じゃなかったのか。いやな、こいつが、何だか、凜のことばかり撮《と》ってるもんだからな、ストーカーじゃないかと思って……」

「もう何!?　先輩のこと、疑ったの？　信じらんない」

「いや、ごめん。謝るよ。——ごめんな、中田くん」

「い、いえ。もういいです。ほんと、ぼくが不審だから、疑われてもしょうがないんです」

中田は余程怖い思いをしたのか、いまだにびびっている様子だ。

「……でも、君はあれだろ？　凜のことが好きなんだろ？　つきあってるのか？　つきあってるんじゃないよな？」

「つきあってるなんて、そんな……ぼくはその、映画を撮りたいだけで……」

その話をしたら余計に話がややこしくなると気づいた凜は、仕方なく父親の背中を押してホールの外へと連れ出した。

「こんな人とつきあってるわけないでしょ？　はいもう、さっさと帰ろ。今日は肉だね。

疲れたし、タンパク質がいるよ。ステーキ食べよ、ステーキ」

振り向いて、中田には『どこかへ逃げろ』と目で合図する。

何だか色々と面倒が多すぎて、じっくり勝利を——あるいは敗北を——味わう余裕もない。

本当の気持ちが分かるのは、家に帰って一人になってからかもしれないと思った。

第六話　射即人生

1

「一言で言って、篠崎さんにとって弓道とは何ですか？」

そういう質問が最後に来ることは教えられていたし、撮影の間中ずっとどう答えようか色々考えていたにもかかわらず、結局すぐには答えることができなかった。思いついた答のどれも、しっくりくるものがなかったからだ。大体、そういう質問自体、心底くだらないと思ってもいた。トップアスリートたちがアナウンサーなんかの質問にいつも怒りもせずに答えるのが不思議でならない。

昇段審査の筆記試験では、事前に公開されているいくつかの設問の中から問題が出るのだが、中には「弓道を始めてよかったことは何ですか」といった決まった正解のない設問もある。なるべくたくさんの言葉で答案用紙を一杯に埋めなければならないのだが、書けば書くほど嘘っぽくなり、自分の本当の気持ちからはかけ離れていくように思える（といってもとにかく埋めればいい設問なので無理矢理でも書くしかないのだが）。かといってもちろん、「一言で」なんて到底無理な話だ。

「弓道……弓は、わたしにとって――」

凛は覚悟を決めて口を開いた。

2

試合の後、テレビ局の人が凛の自宅にも学校にもやってきてバタバタと撮影スケジュールが決められた。

テレビ局の人たちだけでなく、先生たちも親も凛本人が断るかもしれないという考えはちらとも浮かばないらしく、凛の気持ちを聞くものはいなかった。凛がようやく事態の進行を把握《はあく》して「え、ちょっと待ってよ……」と思ったときは、とてもじゃないけどもう言い出せる雰囲気ではなかった。

強く拒否できなかったのには、あの波多野郁美ともう一度同じ射場《しゃじょう》に立てる機会を逃すのはもったいないという思いもあったからだ。テレビカメラの前だということさえ我慢すればいいのだ。元々、中田のカメラで撮影されることには慣れっこになっているし、もう既にいくつものビデオが世界に配信されてしまっている。この間の決勝も波多野中心だが、ちらっとテレビで流されたらしい。今さらテレビに映るのを恥ずかしがっても仕方ない。

そしてもし彼女とゆっくり話す機会が持てたなら、あの試合でのことを聞いてみたい。優勝できるかどうかという重要な場で、あえて引き分けに持ち込むなんてことが本当にできるものなのかどうか。不自然に見られないようにわざと外す、などというのは、技術的にももちろん、心理的にもかなり難しい行為のように凜には思える。

チームメンバーへの、同じ部員への裏切りでもあるし、何より弓そのものへの冒瀆《ぼうとく》のようにも感じられる。そんなことをしたら、弓道の神様がへそを曲げて、一生中《あ》たりを奪ってしまうのではないか、そんな気さえする。

しかし、勝敗を動かすまさにあの場面で失敗するような人だともどうしても思えないのだ。

本人に確かめたい。

もちろん、「わざと外すわけないでしょう」と否定されたところで、素直にそれを信じられるかどうかも分からないのだが――。

撮影はある一日の授業風景、練習風景などの撮影と、部活のない土曜日の二回に分けて行なわれるという。

土曜日には、翠星学園の射場に波多野郁美を招き、競射《きようしや》と、なぜかお洒落《しやれ》なカフェに場所を移しての（できれば制服以外の普段着でと言われた）弓道女子トーク（？）をやってほしいとのこと。

なんだかなーと思いつつも、波多野がそれを望んでいるのだと言われると「そんなの嫌です」とも言いにくい。

カフェだろうとなんだろうと、ある程度話をすれば多少は彼女の人となりが分かるだろうし、メールアドレスなりとも交換できれば、後でずばりと質問をぶつけたってかまわない。

他校で先輩とはいえ、友達になれる可能性もあるし、あれほどの技術を持っている人と接することは、刺激にならないはずもない。

ライバル。

今まで、本多部長にしろ他の部員にしろ、そういう意識を持ったことはなかった。彼らはあくまでも「仲間」であり「先輩」だった。違う学校で、ちゃんとした「試合」をしないと競争心というのは芽生《めば》えないものなのだろうか？　何だかそれだけではないような気もするのだが、よく分からなかった。

そもそも、弓道というもの自体を他人との競争ではなく自分自身と向き合うものだと理解しているというのが大きいかもしれない。そりゃもちろん、競射、試合ともなれば多少は勝ち負けを意識もするし、自分より上手《うま》い人、調子のいい人を羨《うらや》ましいと思う気持ちが全然ないと言えば嘘になる。しかし、弓は対戦相手がいなくても引けるし、上達できる。凜は誰かに勝ちたいわけではない。ただ、もっともっと、上達したいだけだ。

七月に入ってすぐの金曜日に授業風景や、練習風景の撮影があった。一日中カメラがついてまわり、友人との他愛《たわい》ないおしゃべりや弁当を食べるところまで撮影されるので、ずっと緊張しっぱなしのぎくしゃくしっぱなしで、練習後にディレクターから「今日はこれでOKです。お疲れ様でした」と言われたときにはへたりこんでしまいそうなほどほっとした。

汗だくの体をタオルで拭《ふ》いて急いで制服に着替える。さっさと帰ってシャワーを浴びたい。何となくみんな今日一日距離を置いて接してきたものだから（カメラがずっと密着してれば当然だ）、凜同様早く解放されたい気分だったのか、あっという間にいなくなってしまった。

辛抱強く待っていたのは、例によって放送新聞部の中田一人だ。

中田は、弓道部員でもないのに、自分の授業がないときはずっとテレビクルーの後を追いかけ回し、機材をチェックしたり、あまつさえクルーにしつこく質問してはうっとうしがられていた。どうしてもプロの仕事が気になるらしい。

「お疲れ様。大変だったね」

「……ほんと、うんざりですよ。ちょっと後悔してます」

半分はあんたのせいでもあるんだぞ、という思いを込めて睨《にら》みつけたが、一向に気づかない様子だった。中田があんなにたくさん凜のビデオをネットにあげていなければ、波多野郁美が凜に注目することもなかったはずで、多分こんな事態にはなっていないはずだ。どうしてもライバルが欲しかったのなら、学年の同じ本多部長でよかったはずだ。ルックスだって部長の方が見栄《みば》えがする。

西日の中、野球部だけがまだ練習しているグラウンド脇を通って校門へと向かっていると、中を覗き込むようにしている白いワンピースの女性に気づいた。リボンのついたカチューシャからふんわりとした巻き毛の溢《あふ》れる、アニメから抜け出してきたようなすらりとした美人だ。

「あ」

凜は声を上げて立ち止まった。

波多野郁美だ。向こうもほぼ同時に気づいたらしく、昔からの友達のように軽く右手を挙げる。

何なんだろう。どうせ明日会うことになるのに。

訝《いぶか》りながらも凜は再び歩き出し、近づくと頭を下げた。

「どうも」

何かもうちょっと気の利《き》いた挨拶をしなければいけないような気がしつつも、それしか出てこない。

「ごめんなさい。お邪魔だった？　どうしても先にお話ししたくて、来ちゃった」

「邪魔なんて……ちょうどさっきまで撮影してたんですけど」

そう答えてから隣に立つ中田を見て、彼氏か何かだと思っての発言だと気づいた。

「あ、この人は違うんです、その、全然そういうんじゃないんです。気にしないでください」

「知ってますよ。放送新聞部の中田さんでしょう？　専属カメラマンの」

専属カメラマン……？　だいぶ違う気もしたが、そう言われても仕方のないところはある。普段「カメラマン」呼ばわりされると「監督だよ！」と言い返すのが常の中田自身は、波多野の顔も直視できない様子で黙っている。ああいう顔は好みではないようなことを言っていたけど、照れてるんじゃないのか、こいつ。

「もしよかったら、後で車でお送りしますから、少しお話しできませんか」

彼女がちらりと向けた視線の先には、白いベンツが駐《と》まっていた。帽子を被《かぶ》った運転手はまず間違いなく雇い人で、家族ではなさそうだ。凜の学校にも車で送り迎えされている生徒はいるが、大抵は親の運転だ。お嬢様だろうという想像は当たっていたらしい。

いずれにしろテレビ抜きで話ができるのなら、それに越したことはない。

「――分かりました。わたしも少し、波多野さんに訊いておきたいことありますし」

「あらそう？　――中田さんも、いらっしゃる？」

「え、ぼくもいいん……ですか？」

もじもじしていた中田は嬉しそうにぱっと顔を上げる。

正直、二人きりにしてほしいというのと、中田がいてくれた方が心強いという両方の思いがあった。結果、流されるようにして中田と二人、ベンツに乗り込む。凛は波多野と後部座席に、中田は助手席に（普通に左側だった）。シートはベロアというのか何だか高そうな感触のもので、凛はさっき自分が汗だくだったことを思いだし気後《きおく》れする。

車の中はちゃんとエアコンが効いているので、既にまたかき始めていた汗は急速に乾いていく。

「わたしに訊きたいことって、何かしら」

お嬢様はまったくお嬢様らしい喋《しゃべ》り方をするんだな、と半分感心、半分呆《あき》れつつ思う。

先にこっちから切り出すのは何だか不利な気がしたが、「聞きたいことがある」と言ってしまったのだから仕方がない。観念してずばり訊いてみようとした時、波多野が続けた。

「もしかして、この間の試合のこと？」

キラキラとした、何かを期待するような視線で凛の目を覗き込んでくる。

「……そうです」

「ふーん。……名探偵だなんて言われてるって話も聞いてたけど、勘がいいのは確かみたいね」

「名探偵なんかじゃないです。でもこの間のことは、その……わたしが思ってる通りだってことですか？」

「そうよ。多分。わたしの想像が当たってるなら、あなたの想像も当たってる」

彼女があまりにもあっさりと認めたので、凜はかえって混乱した。何か全然別の話をしているのではないだろうか？

「す、すみません。この間の試合が、どうかしたんですか？　ちょっとぼくには話が見えないんですけど……」

中田が助手席で体を捻《ひね》り、困ったように訊ねてくる。

波多野は凜を見つめたまましばらくぴくりとも反応しなかったので、中田のことは無視するつもりかと思ったが、やがてゆっくりと彼の方に顔を向けて微笑《ほほえ》んだ。

「篠崎さんはね、わたしが決勝戦で、わざと一本外したんじゃないかと思ってるのよ。そうでしょう？」

やっぱりそうだった。何か誤解して答えているわけではない。

「でも……どうしてそんな」

「分かってるんじゃないの」

「いえ。いや、こういうことなのかなってのはありますけど、でも……」

「そんなことをする人がいるなんて、信じられない？」

「はい」

凜はこくりと頷いた。こちらの質問まで先回りして用意している。サトリの化け物か。

「あなたはきっと真面目で、弓が大好きなんでしょうね」

真面目かどうかは分からないが、後半の質問への答として凜は頷き、慌てて聞き返した。

「えっ、波多野さんは……別に弓が好きじゃないんですか」

「いやもちろん、嫌いじゃないわよ。好きなんだと思う。でも、すごく不純。多分、あなたみたいな人から見ればね」

「不純」

「あなたは多分、弓道を極めることで真善美《しんぜんび》に近づくとか、射即人生《しゃそくじんせい》とか、教本に書いてあるようなことを全部まっすぐ受け止めるようなタイプでしょ。違う？」

にこやかに微笑みながら言ったので、馬鹿にされているのか褒《ほ》められているのか判断がつかず答えられなかったが、答えないことが答になっていると波多野は判断したようだった。

「やっぱりね。わたしは、申し訳ないけれど、弓道のそういうお題目はどうでもいいの。わたしにとって――いい？　あくまでも、わたしにとっては、ってことよ――弓道は、演技、パフォーマンスの一つにすぎないの」

「パフォーマンス……ですか」

何だか分からないが、そんな横文字を使われるとどうにも馬鹿にされているようにしか聞こえない。軽く聞こえる。

「馬鹿にしてるみたいに聞こえた？　どう言ったら分かるかしらね。――わたし、小さい頃から女優になりたいと思ってたの。中学の時は演劇部に入ってたんだけど、ちょっと遊びで弓を始めたらこっちの方が性に合ってるなと思って高校からは弓道部一本に絞ったの。でも別に、女優を諦めたわけじゃない。色んな意味で役に立ってると信じてるし、実際こうやってテレビにも何度か出られるようになった」

「……とにかく何でもいいから得意なものでテレビに出られればいいってことですか」

「ううん、そうじゃない。いや、正直言うとそういうところもあるかな。でもね、わたしにとっては弓道って、すごくお芝居に似てるの」

「お芝居……？」

「そもそも、弓道って何？　考えたことない？　弓って、誰がどう考えたって、武器だよね。獣や人を殺すための、時代遅れの武器。それが、天下太平の時代に、止まった的《まと》に向けて射るだけになって、競技になった。そこに礼だとか作法だとか、三位一体《さんみいったい》だとかあれこれ付け加えられたのが今の弓道だよね。おまけに、中《あ》てようとするな、正射必中《せいしゃひっちゅう》？

ほんと正直、わたしそういうの、どうでもいいと思ってる」

波多野が言うことは、凜にしてもまったく考えないことではなかった。しかし、こうもはっきりと言葉にして断言されると、何か心にぐさりと刺されたような痛みを覚える。そうじゃない、と思っても、ちゃんと反論できる言葉はない。

「わたしね、弓道が好きなのは、かっこいいから。それだけ。そしてね、わたしが弓道をやる意味は、そこにしかないと思ってる。それでいいんだって」

かっこいいから——。

そういう動機で続けている人が結構な数いるであろうことは分かっているが、これほどに優れた射技を持つ人の口からそんな言葉が出てくるのは衝撃だった。

「弓道の目的は中《あ》たりじゃない。そうでしょ？　だってどれだけ中たっても、体配《たいはい》が滅茶苦茶なら、審査じゃ初段も取れない。弓は——現代弓道は、『見せるためのもの』なのよ。美しさを競うもの、お手本をなぞるもの。柔道や剣道はもちろん、アーチェリーやゴルフとも違う。むしろ茶道や書道に近いんじゃないかと思ってる」

凜ははっとした。弓道は見せるためのもの、茶道や書道に近い——そんな考え方は一度もしたことがなかったが、ある意味腑《ふ》に落ちる部分があったからだ。

「弓道は立禅《りつぜん》って言うじゃない？　座禅を組んでる人をお坊さんが叩くよね。わたし、昔っからあれが不思議で不思議で。座禅してる人の心の中が、どうして分かるんだろうって。

心の中は誰にも見えないのに。修行を積んだお坊さんは、端《はた》から見てるだけでその人が雑念にとらわれているとかどうとか分かるもんなんだろうかって。でもそんなわけがないって、この年になるともう分かるよね。身体の動きや姿勢しか、お坊さんにだって見えてやしないって。姿勢が間違ってたり、眠ったりしてなきゃ頭の中で何考えてたって別にいいんだよ。弓道だってそう。美しい、かっこいいと思う射を見て、どこまでうまく真似《まね》られるか。それがわたしにとっての弓道。完璧に真似られたらもちろん、矢は的中するはず。的中しないってことは完璧じゃないってこと」

「そ、それはつまり、あれですか。見えている部分を完璧に真似ることで、内面も完成する、修行できるんじゃないかってことじゃないですか？」

助手席の中田が身を乗り出すようにして話に割り込んできた。

波多野はちょっと首を傾《かし》げる。

「それは分かりません。――何でもそうだけど、一つのことを極めようとすれば、精神になにがしかの成長はあるでしょうね。結果として。でもその逆、精神の成長とか何かの悟りによって、矢が中たるようになったり、字がうまくなるなんてことはとても信じられないの。そして、弓道が何か、例《たと》えばそう、けん玉とか一輪車に乗るとか、そういった技を極めることに比べて崇高《すうこう》なものだとか優れた精神修養の手段だとか、全然思ってない。歴史がある分、先達《せんだつ》の教えがたくさん残ってるって意味では、学びやすいってのはあるでしようけど。自分の身体を隅々《すみずみ》までコントロールして、見せたい動きをする。そのためにあちこちの筋肉を鍛える。そして見る人に感動を与える。それがわたしにとっての弓道」

最初はぎょっとするような考え方だと思ったが、よくよく話を聞き、考えてみると、彼女は彼女なりに弓道と真摯《しんし》な向き合い方をしているようにも思えてきた。凛が学んできた教えとは正反対の方向を向いているようでありながら、実質これまでやってきたであろう修練のあり方については、おそらくは何の違いもない。

「――波多野さんの考えは分かりました。それで、そういう話をするためにいらっしゃったんですか？」

波多野は少し顔を綻《ほころ》ばせて口を手で押さえる。

「あら、ごめんなさい。なんだかついつい思ってることを全部喋ってしまいました。――あなたには、わたしの本音を知っておいてもらいたかったから」

「……別に、でも明日でもよかったんじゃ……？」

「それは無理よ。本番ではわたし、本音は言わないもの」

「え？」

「カメラの前のわたしは、違うわたし。それを知っておいて欲しかったの。明日わたしは、新たに現われた年下のライバルにちょっと焦りながらも、『弓道女王』の貫禄《かんろく》を見せつける――そういう役回りを演じるから。『女王』ってのは、わたしが言ってるんじゃないわよ。もちろん、Pが……プロデューサーとかディレクターとかそんな人達がそう名付けたわけ。『あなたにとって弓道とは何ですか？』って最後に聞かれるから、もちろん『人生です』って答えるつもり。射即人生です、ってね」

一旦は納得しかけた気持ちが、それを聞いてまたもやもやとし始める。

彼女がいくら弓道の精神を軽んじようとそれはそれで勝手にしてくれて構わないが、嘘をつく、自分を偽るというのはまた別の話だ。ましてやそれをわざわざ事前に自分にだけ教えるというのはどういうことなのか。

「納得いかないって顔ね？　言ったでしょう、わたしにとっては弓道もお芝居も同じなんだって。常に演じてる。『弓道女王』をやれと言われたら、全力で演じる。向こうが望んでる姿は分かってるの。弓を愛し、弓一筋で生きてきた女子高生。でも、道着を脱いだら、普通の女子トークもする。ちょっとしたギャップもないとね。でも、弓道をただの手段だと思ってるなんて、そんなのは絶対ダメ。テレビだって練習の邪魔になるからほんとは出たくないんだけど……っていうくらいでいい。そう、あなたみたいにね」

またまた見透かされているようだ。

「正直、あんなことまでしてあなたを引きずり込んだのが、果たしていいことだったのかどうか、不安でもあるのよ。ライバルがいた方が絶対視聴者の興味は引っ張れるだろうし、あなたがそれにぴったりなのは確かなんだけど。でももしかしたらせっかくの人気をあなたに持って行かれるかもしれないって」

「はあ？」

「だって、あなたの方が、可愛げがあるもの。わたしより。素朴《そぼく》で、真面目そうで。わたしとあなただったら、視聴者はあなたを応援しそう。——わたしの方が、敵キャラっぽくない？」

突然彼女は前の中田に向かって問いかけた。

「確かに」

中田は半ば反射的に頷いた後、慌てて首を振る。

「あ、いや。そんなことない……ですよ？」

そういえば中田は、波多野で映画を撮るのなら鎖鎌《くさりがま》を持たせたいとか訳の分からないことを言っていた。

「いいんですよ、自分がどう見えるかはよーく分かってるから」

素朴、というのは馬鹿にされているのかもしれないが、そりゃ彼女のようなお嬢様と比較されたら素朴だし庶民だし反論のしようもない。「視聴者」は庶民だから、庶民っぽい方を応援するだろうという理屈なら、その通りかもしれない。

「でもわたし、今回はともかく、また出てくれとか言われても断りますよ？　波多野さんの代わりになんかなれません」

これまでに彼女が出演した番組というのを、番組スタッフがＤＶＤにして送ってきてくれたので、一通りは予習として観たのだった。「次世代の若いアスリートを応援する！」というコンセプトの番組で、凜も元々何度か観たことはあった。野球やサッカーみたいな人気スポーツも取り扱うが、どちらかというとややマイナーな競技を積極的に取り上げてその魅力を紹介したり、その世界では注目されている逸材《いつざい》を追い続けたりする番組だ。テレビというのはそういうものだろうが、単に実力ナンバーワンの選手というよりも、やはりちょっとルックスのいい女子や、こんな子がこんなスポーツを？というようなギャップ、驚きのある人にスポットが当たることが多いような気はする（波多野のように、そういう色気がある人間の方が取材のＯＫが出やすいのかもしれない）。

「いいのよ、別に。さっきも言ったように、わたしは別にずっと『弓道女子』だか『弓道女王』だかで番組続けて欲しいと思ってるわけじゃないんだから。芸能事務所に入ることも決まってるし。あなたがわたしに取って代わってくれてもいいし、弓道に関してはこれで終わりでも構わない。でも、『仕事』は最後まで全力でやりたいだけ。後で、もっとあすればウケただろうなあとか後悔したくないの」

この人は、既にプロ意識を持っているらしい。芸能事務所に所属して一体どういう活動をすることになるのか、実際できるようになるのかどうか凜には分からなかったが、とにかくその熱意が本物であるらしいことだけは分かった。

とにかくこの人が目指しているものは凜とはまったく違う。弓道への思いも。しかし、現時点で、射法射技において波多野の方が優《まさ》っていることは認めざるを得ない。努力の結果か、天性の才能かは別として。

「そうそう。LINEのアカウント、教えてくれない？　わたしたちこんなやり取りしてますって見せたいから」

「……すみません。LINEはやってないです。スマホじゃないので」

そう答えると、初めて波多野は驚いたような顔を見せた。

「スマホじゃない……？　ダメよそれは。すぐスマホにしなさい。別にLINEはいいけどね。写真だって動画だってすぐ確認できるんだから」

「他の人が撮ってくれるんで……。最近は、この人が一杯撮ってくれてますし」

そう言って中田を見やる。

「自分で観返すときはどうするの？　自宅のパソコン？　テレビ？　そんなの面倒でしょ。スマホだったらすぐ観返せるのに」

「動画はたまにチェックするくらいなんで……。鏡ありますしね」

波多野は呆れたようにぽかんと口を開け、やがて真面目な顔になって首を振った。

「なるほどね。……自分がどう見えてるかは二の次だってこと。それってどうなのかしら。動画チェックは重要だと思うわよ」

「はあ……」

「まあともかく、明日はよろしくお願いします。いい共演ができるといいですね。——三《み》浦《うら》さん、車を出してくださる」

「あ、いえ、その……バスで帰りますので。ここで降ります」

何となく、このまま乗っているのも気詰まりだと思い、凜は頭を下げて車を降りた。中田も慌てた様子で出てくる。

波多野は特に引き留めようとはせず、白いベンツは走り去った。

陽はほとんど沈んでいたが、まだ外は暑い。身体がいつの間にか冷え切ってしまっていたようで、いつもは不快なはずの湿気た空気が今はひどく心地よい。

「な、なかなか、興味深い人だね」

中田は何だか奥歯にものが挟まったような言い方をする。

「——わたし、あの人に負けたくない」

もちろん、そう思えば負けない、などと考えたわけではない。試合から数週間、ずっとこれまで以上に練習しては来た。明日の対決——波多野は〝共演〟と言っていたが——が決まってからは更に。しかし、これぱかりは一朝一夕《いっちょういっせき》にどうにかなるものではないし、その日の調子の方が結果には大きく作用したりもする。よくなったかと思えば次の日はボロボロだったりということもある。逆に言えば、波多野だって人である以上大崩れする可能性だってあるわけだが、さっきのあの様子からしてもとてもそんなことは期待できない。テレビの収録であることも、慣れている波多野よりも、凛に対する影響の方が大きいはずだ。

あの人は、心のないロボットのようだ。メンタルで悩むということなどないのだろう。機械のようにまったく同じ射を続けることができたら——そんなことを凛も考えたことはある。百発百中のロボット射手。弓道とはそれを理想とするものなのかと。でも多分、そうではない。そうではないはずだと思う。

「わたし、負けたくない」

凛はもう一度言った。言わずにおれなかった。

「大丈夫、ぼくが保証するよ」

中田があまりに意外なことを言ったので、思わず顔を覗き込んだ。

「え？」

「大丈夫」

中田はもう一度繰り返した。単なる気休めにしては確信に満ちた言葉だった。

「君は、君の射をすればいい。それが彼女に勝つ道だと、ぼくは思う」

別にふざけて言っているわけではないようだった。

凛はその言葉をよく噛《か》み締め、確かにそれしかないのだと納得した。

3

夜、少し悶々《もんもん》とつまらないことを考えていたが、いつの間にかぐっすり寝ていたようで、朝の目覚めはよかった。決して調子は悪くない。

絶対見学に行く、と言っていた父は、（幸い）急な仕事が入ったらしく出勤してしまい、凜は内心ほっとしていた。テレビカメラの前で何か変なことを言われてはたまらないし、そもそも映って欲しくない。母は最初から凜同様、テレビなんか映らなくてすむなら映りたくない人なので安心だ。

母の運転する軽自動車で学校に着くと、既にテレビ局の大きなワゴンと波多野家の白いベンツが、校門を入ってすぐの駐車スペースに駐められていた。十時集合ということだったので十分前には着いたのだが、波多野は「敵地」だからか、もっと余裕を持って来たようだ。

ベンツの隣に軽を駐めて降りると、母は少し立ち止まり、複雑な表情で二台を見比べる。

「……なんか恥ずかしいね」

「何でよ。うちの車の方が可愛いじゃん」

実際そのオレンジと白のツートンカラーの軽は、両親ともにいたく気に入って大切にしていたもののはずだった。

「……ま、そうなんだけどさ！」

そう言ってあははと笑ったので凜も笑い、道場へ向かって歩き出す。

何だか少し、気が楽になった。

きっと波多野と凜は、住んでいる世界が違う。お金だけの問題ではない。様々なものの考え方が違うことだろう。弓に対する接し方も違って当たり前だ。

射即人生。

弓によって人は成長できるし、そしてその姿は射に表われる。そういう意味だ。

波多野はそれを「お題目」だと言った。凜はそれに反論できなかった。凜自身も、それがただの「お題目」「きれいごと」でないという確信が持てないからだ。

所詮ただのスポーツだし、元々は武器だし、そもそもただの学校の部活に過ぎない。たかだか十六、七の小娘が「人生」だなんて言うのもおかしな話だ。

波多野郁美は、よくよく考えてみれば、凜よりもずっと自分の「人生」のことを考えている。明確なビジョンが、夢があり、それに向かうための一歩として、弓を選んだ。

一体自分はなんでこんなに必死になって弓を引いているんだろう。別にそれで何になれるわけでもないのに。勉強も疎《おろそ》かにして、親にたくさん負担をかけて。凜は改めて考えざるを得なかった。

劇的な出会いなど何もなかった。

中等部に入ったとき、いくつかの部活の中から弓道部に興味を覚えて飛び込んだだけだ。上達が早かったことと、雰囲気に馴染《なじ》んだこと。気づいたらどっぷりとのめり込んでいた。この四年以上、他の何より、弓のことを考えている時間が長かった。

弓が好きだから？

それは確かにそうだけれど、どうしてもそういう言葉では違和感がある。

義務感。練習しなければ、上達しなければという思い。

内側からこみ上げる何かが、自分を突き動かしてきた。

高校に入ってからは特に、勉強するより気が重い日もしばしばある。冬は寒いし、今のような夏は暑い。何より中たりが出ない日の辛《つら》さ。でも、誰が強制したわけでもないのに、自らを奮い立たせて射場に立つ。

一体誰のために、何のためにこんな不毛なことをしているのかと思う。うちの学校にはないけど、ライフル射撃でも練習しておけば、いざという時に（どんな時かは分からないが）イノシシを撃つこともできるし、ゾンビが本当に出てきても生き延びられるかもしれない。でも多分、和弓じゃ何の役にも立たない。

何のために弓をやっているのか。

その答が出せない自分が、何の迷いもなく「かっこいいから」と言い放てる波多野に、勝てるわけがあるだろうか？

気持ちが射に表われるものならば、波多野の矢は真っ直ぐ飛ぶに違いないが、自分の矢はブレブレだ。そうなるに決まっている。

答を、出さなければならない。


更衣室に行くと、既に道着に着替えた波多野がちょうど中から出てくるところだった。ワンピース姿もきれいだけれど、こっちの方が映《は》えるよな、と凜は考えていた。そう、中田にしろ誰にしろ、どっちかを主役に映画を撮るというのなら、やはり彼女にすべきだ。彼女はもう完璧に弓道少女を演じているのだ。

「おはようございます」

機先を制して凜の方から声をかけ、頭を下げた。

「おはようございます。今日はよろしくお願いします」

「……こちらこそよろしく」

ふと視線のようなものを感じて振り向くと、離れたところからこちらへハンディカメラを向けているスタッフがいる。こういう映像も使われちゃったりするのだろうか？

凜は勝手知ったる更衣室に入ると手早く着替え、既にたくさんの人が行き交っている射場へと入っていった。

「篠崎凜さん、到着されました！　よろしくお願いしまーす」

おどおどしながら頭を下げると、スタッフ全員が手を止めて拍手してくれた。昨日は「普段通りしてください」ということだったのでさほどの苦労はなかったが（気疲れしたが）、今日はある意味「演じ」なければならない。これはやっぱり大変なことを引き受けてしまったかもしれない、とちらと思った。

しかし、既に馴染みとなっているらしいスタッフたちと和《なご》やかに談笑している波多野を見て、気持ちを切り替える。

彼女の本心は分からないが、自分にとってはこれは公式戦以上の負けられない戦いだ。意志の強さの勝負と言ってもいい。ここで負けるようなら、自分の弓に対する思いがその程度だということだ。

凜はそう考えていた。

ディレクターが、凜と波多野を呼び集め、紙一枚に書かれた進行表を見せながら段取りを説明した。

結構色んな角度からイメージショットを撮影した後、「ガチ対決」を行ない、そして着替えてアフタートーク。

二人で背中合わせになったり、向かい合わせで睨み合った構図も撮影された。波多野は、「女王」が格下のライバルに向ける余裕のある微笑みを浮かべている。これも演技なのか、本気なのか。凜には分からず、ただ硬くなって見返すだけ。

　ディレクターの方から見学は極力控えて欲しいということだったので、学校側は校長先生、顧問の西川先生と吉村先生、それに本多部長。そして、いて当然のような顔をした中田を母の隣に見つけて、ほっとする。運転手の三浦さんの隣で女優の休日みたいな大きなサングラスをした女性は多分、波多野の母親なのだろう。もしかしたら本当に女優だったりして。見学者はそれだけで、カメラに映らないよう、遠巻きにこちらを覗いている。

　イライラが頂点に達した頃、道着姿の本多部長と吉村先生が二つの的を安土《あづち》にかけ、ようやく競射の時間になった。


　色々考えた結果、凜はとっておきの竹弓を使うことにしていた。中田と取引の末手に入れた竹弓だ。普段も時々使ってはいるものの、余り酷使はさせられないし、試合で使ったことはない。しかし、軽くてしなやかで、何とも気持ちのよい離れを生んでくれるとてもいい弓なのは確かだ。はっきりとは分からないが、今こそこれが必要だと、そんな気がしたのだった。

　波多野はそれを見てちょっと眉を顰《ひそ》めたが、「いい弓みたいね」と言っただけで文句は言わなかった。競技にはカーボンの方が安定していていいはずだからだ。

　二人が入場するところから撮影はノーカットで行なわれる。カメラは三台。まずは波多野、そして凜。

五人立ちの射場に二人、間を置いて坐る。波多野が前（右）だ。周りにはたくさんの人がいるわけだが、今的前《まとまえ》にいるのはこの二人だけ。

目の隅で波多野の動きを感じ取り、同時に立ち上がって射位《しゃい》まで進む。

矢は四本。二本を足元に置き、甲矢《はや》を番《つが》える。

波多野の背中からは、揺るぎない自信が漂ってくるようだった。

飲まれるな。今向かうべきは的だ。的であり、自分だ。

中田が、「自分の射をすることが彼女に勝つ道だ」と利いた風なことを言った。でもその通りではある。それ以外にできることはない。

息合いを大事に。五重十文字《ごじゅうじゅうもんじ》を意識する。打ち起こして、大三《だいさん》から会《かい》へ。軽々と引ける。

悪くない。

的中音が聞こえたが、心が乱されることはなかった。むしろ聞こえなければ動揺したことだろう。

凜の甲矢も気持ちの良い音を立てて中《あ》たった。張り替えたばかりの的に最初に中てるのはいつだって気持ちいいものだ。

二人とも四射皆中《かいちゅう》だった。ずっと息を詰めていたスタッフや見学者からパチパチと拍手が起きる。波多野の矢はどれも中心近くに集まっていて、精度の高さでは確実に負けているが、とりあえず最初の義務は果たした気分だった。

四本やって決着がつかなければ延々と射詰《いづめ》をする。そういうことになっていた。テレビ的にも、最初の四本で決まってしまっては困る、というムードだった。一体どこまで外さずに波多野に食いついていけるか。

本座《ほんざ》に下がり、矢取《やと》りをしてきた吉村先生と本多部長が六本ずつ揃えた矢を持ってきて波多野と凜の脇にそっと置いていった。

汗が流れ、袴にぽたぽたと落ちるのを見て初めて、自分が汗をかいていることを思い出した。大丈夫だ。集中はまだ切れていない。

六本まとめて射位に持って行き、一本ずつ番えて同時に射っていく。

毎回気持ちをリセットし、目の前の一本を確実に中てることを意識する。気がつけば、六本の矢が全部的に入っていた。もちろん、波多野も同様だ。

これで二人、十射十中。

試合ではないので何の参考にもならないのかもしれないが、練習で一番調子のいい時、二十中したのが凜の記録だ。波多野はどうなのだろうか。

本座で矢取りを待つ間、波多野がこちらの様子を窺《うかが》っているのに気づき、ちらりと視線を向ける。

彼女もまた、だらだらと汗を流している。彼女にしても、全力のはずだ。気を抜けば外れる。二十八メートル先の的は、誰にとっても大きいものではない。

六本の矢が戻ってきて、再び二人は射位に立った。

十一射目。二人とも的中。十二射目。十三射目。十四射目。

十五射目。波多野の矢が枠に当たってカツンと音を立てた。内側から当たっていれば中たりだし、外側からなら外れだ。射場からでは判別がつかない。皆が息を呑んだのが分かる。

看的《かんてき》小屋にいた部長が的を見に行き、的中サインを出す。全員がほっとしたようだった。

疲れか、暑さか。いずれにしても波多野の集中力も落ちている。勝てる。

そう思ったことが敗因だったのかもしれない。

十六射目、凜の矢はわずかに外れ、波多野の矢はど真ん中に突き立った。

終わった。

一際大きな拍手が起きた。

4

あまりにあっけない終わりにしばらく放心していた。みんな満足げに、「お疲れ様」「す

ごかった」「いい絵が撮れました」と声をかけてくるが、凜はなかなか事態を把握できず
にいた。

結局負けた。どれほど真摯に向き合おうと、勝てない相手には勝てない。そういうこと
なのか。まだ行ける、そう思っていただけに消化不良の感は否めなかった。

ほとんど言葉なく更衣室で道着を脱ぎ、私服に着替える。テレビで私服を撮られるのは
嫌だったのだが、「普段着で」という指定だったので、仕方なく母とデパートに行って買
ってきた新しい服だ。といっても似合わないようなお洒落な服を買ってもしょうがないの
で、結局はいつも着ているのよりは少し高いデニムとポロシャツという、男の子みたいな
格好ではある。

着替えて出たところで、中田が嬉しそうに近寄ってきた。

顔を合わせられず無視しようとしたが、追いかけてきて肩に手を置く。

「ちょっとちょっと。どうしたの」

答えられなかった。口を開けば、何が飛び出してくるか分からなかった。

「あれ？　もしかして、悔しがってるの？」

「——当たり前じゃないですか！　まだ……まだ行けると思ってたのに……」

黙っていれば全然平気だったのに、言葉にしようとすると涙が出そうだ。

「へー。自分では全然分からないもんなんだ」

意味の分からないことを言い出す。

「は？　何言ってるの？」

聞き返すと、中田は腕組みして首を捻る。

「うーん。どうなのかな。ぼくの思い過ごしなのかな。吉村先生に聞いた方がいいのかな」

「どういうこと？」

「あー、ビデオ観た方が早いか。――ちょっとこっち来て。ぼくが撮ったやつ、見せるから」

許可を得ているのかどうなのか、中田はいつも通りビデオを撮っていたらしい。他の人に見られたくないらしく、凛を更衣室の裏へと引っ張っていく。

「何なんですか。ビデオ観たからって、結果が変わるわけ――」

「いいからいいから。とにかくこれ観て。ほら、うーん……最初のがいいかな。ほら、自分の射をよく見て。それから、波多野さんの射も」

中田が強く言うので、仕方なく彼のビデオの小さなモニターに顔を近づける。

「多分このモニターでも、分かると思うんだけど……大きなテレビで観たら一目瞭然《いちもくりようぜん》だよ」

自分の射も、波多野の射も、別におかしなところなどない。波多野は斜面《しやめん》打ち起こしで少し会が短いが、射形もきれいだし、安定している。

「……一体何です？　何か変ですか？」

「ほんとに分からないの？　そんなもんかなー。よく観て。自分の射を。誰か他人の射だと思って」

他人の射だと思って？

全くわけが分からなかったが、もう一度自分の射に目を凝《こ》らす。他人の、誰か知らない人の射を見取《みと》り稽古《けいこ》をするつもりで。

――何だか妙な迫力があった。

気が満ちていく様子が、分かる。伸《の》び合《あ》い、詰《つ》め合《あ》い。小気味の良い離れと、ちょうどよい残身《ざんしん》。

「……悪くない」

凛はなぜか少し悔しい思いで、そう言った。

「悪くない？　よく言うよ。長い間君の射を好きで見てきたけど、今日のは最高だった。鳥肌立ったよ。ほんとに。今でも自分じゃ引けないけど、この一年以上、たくさんの人のたくさんの射を見てきた。だから分かる。君の射は何て言っていいか分からないけど、いい感じなんだ。中でも今日のは凄《すご》かった。波多野さんは人を感動させたいって言ってたけど、そういうものがあるとしたら、今日の君の射だ。波多野さんの射は……きれいだけど、それだけだ。悪いけど」

射品。射格。そういう言葉がある。どれほどちゃんとしているように見えても、まだ何か言葉にできない、にじみ出るものが射にはある。それを射品とか射格とかと言い表わす。中田が言うように、ビデオの中の凜の射には、きれいという以上の何かがあるように見えた。一方、波多野の射にそれがあるかというと、ない。それが何とは言葉にはできないのだが。

「……でも負けちゃった」

「最後の一本ね。勝負に負けたことは確かだ。でもきっと、分かる人には分かる。君はずっと彼女を圧倒してたよ。あの外れた一本でさえ」

そうなのだろうか。そうだといいけれど。ほんの少し、重たくなっていた身体が軽くなったようだった。

「どれだけ形を真似《まね》しようとしても、やっぱりそこには限界があるんだと思うよ。思いは、人柄は外ににじみ出る。弓に限らず。そういうもんじゃないのかな。射即人生というのは本当だって、君は彼女に証明したんだよ。放送を観ればきっと彼女にも分かる」

そうなのだろうか。射品とか射格などというものは、好みもあるのではないのだろうか。波多野は何度も何度も自分のビデオを観て、作り上げた自分の射こそ最高だと思っているのではないだろうか。

「波多野さんは、見えるものにしか意味はないって言ってたよね。ぼくもその通りだと思う。心は見えない。でも、見たものを完璧にコピーすることは、多分普通の人間には無理なんだろう。どんなに完璧にコピーしたように見えたって、コピーしきれないところは残る。心の中はどうやったって動作に影響するからね。そしてどんなに微細《びさい》でも、それは何となく感じ取れてしまう。そういうことなんじゃないかな。そして多分、弓道に関するいろんな教えを守って心の修練を積んだ方が、それを守らずに形だけを真似するより、まだしも簡単なんだと思うよ。そのために、正射必中だとか射即人生とか、確かにきれいごとに聞こえるかもしれない言葉があるんじゃないかな」

そうだ。心は絶対に外に表われる。心は見えなくても必ず動作に表われるのだ。

和弓における動作の数々は、それを増幅して見やすくする効果があるのかもしれない。それが射品となり、射格となるのかも。自分はそこに惹かれていたのだろうか。

「……わたしの射がよくなってるんだとしたら、わたし自身が成長してるってことですかね？」

凜が冗談めかしてそう言うと、中田は何度も頷く。

「そりゃそうだと思うよ。間違いない」

「……わたしの射が、好きって言いました？」

「え？　あ、ああ。好きだよ。君の射が、ね」

人柄が射に表われるのなら、射を好きということはその人を好きということになるのではないだろうか？

いや、違うか。

凛はそれ以上考えるのはやめた。

第七話　弦音

寝ている。

1

番組が始まった。日曜の朝七時という時間なので、何か理由でもない限り観ることはない時間だ。試合や何かのイベントがあればその準備をしているし、そうでなければ昼まで寝ている。

『スポ魂』——しっかり観たことがなかったので「すぽこん」なのかなと思っていたが、すぽたま、と読むらしいことは今回の収録が決まって初めて知った。

当然タイマー予約してあるのだが、母だけでなく父までちゃんと着替えてテレビの前で待機しているので、凜は何だか居心地が悪く、いっそのこと後で一人で観ようかとも考えたほどだ。しかし、父は多分みんなで一緒に観たいのだろうと分かってはいたので、三人掛けのソファを半分占領するその暑苦しい身体からなるべく距離を取りつつ、画面に意識を集中する。母は、ソファには座らず二人の間でカーペットの上に横座りしていて、父の膝に肘をついている。仲がいいのはいいことだと思うが、何かというとベタベタしているのがこそばゆい。

『無敗の弓道女王にライバル登場！』

　派手なテロップが躍り、もう既にげんなりしはじめた。自分は「ライバル」の方だからまだましだが、「弓道女王」とか呼ばれる側だったらとても観ていられない。あの人はきつと平気なんだろうけど。

　凛は、自分はあくまでも脇役、当て馬なんだから出番は少ないだろうと思っていたのだが、〝女王〟の方は既に番組でお馴染《なじ》みだということなのか、先日の試合に始まり、凛の授業風景、練習風景と続いて、今回に限っては凛に強くスポットを当てた作りだった。

「このカメラマン、プロのくせに下手なんじゃないか？　中田って子の動画の方が可愛《かわい》く撮れてるよな？」

「そりゃね、気持ちが出るもんでしょ、好きな子を撮るときには」

　父が漏らした文句に、母がまたいらぬことを言い添える。

「なんだって？　あいつとはつきあってないって……」

「うるさいな、もう！　静かにしてて！」

　話題が変な風にならないよう、慌てて釘を刺す。

「……ああいうなよっとしたのは、俺はあんまりなあ……」

　小さい声でなおも続けるのでじろりと睨《にら》みつけると、ようやく口を閉じてくれた。番組に気を取られてる間に忘れてくれればいいのだが。——ていうか、「好きな子」って何だよ。一体あいつの何を知ってるって言うの。そう思い、今度は母の後頭部を睨みつけたが、もちろん気づきもしない。後でちゃんと誤解を正しておかねば。

そう考えながらテレビ画面に意識を戻したものの、父の言うとおり何だか自分の映り方がいつも以上に地味でもっさりしているように観えて、改めて考え込んでしまう。これは一体何なんだろう。同じ画面で生粋《きっすい》のお嬢様と見比べてしまうからだろうか？　それともやはり中田は凜のベストの表情を選んで撮影したり、悪いのはカットしたりしているのだろうか？

分からなかった。何にしろビジュアルやファッションで波多野と張り合うつもりなどないのだからどうでもいい。特に貧乏くさくは見えていないことにとりあえずほっとする。

ルールが説明され、〝試合〟が始まる。テレビにしては真面目な方の番組らしく、さほど煽《あお》らない淡々としたナレーションと共に、波多野と凜の射を色んな角度から見せる。結果はもちろんとうに分かっているし、中田の撮ったビデオも繰り返し確認させてもらったけれど、それでもやはり凜は息を止めて見入ってしまった。

最初の二手《ふたて》（四本）は特に、自分でも惚《ほ》れ惚《ぼ》れするような気合いの入ったいい射だった。対する波多野郁美はやはり、きれいで精密だけれど、それ以上の「何か」はない。しかし、たくさんの射を見ている人間でない限り、二人の射の違いなど分からないだろう。現に、ある程度は見慣れているはずの父でさえ、「やっぱこの子はすごいなあ。矢が全部真ん中だもんなあ。そりゃ勝てなくてもしょうがないよ」と敵ながらあっぱれとばかりに感嘆している。

結果を知っている本人でも（本人だからか？）息詰まる射詰《いづめ》が延々と続く。途中ダイジェストになるのは時間の関係上仕方なかったのだろうが、もしそのまま観せられたらこちらの神経も持たなかったかもしれない。十六射目で遂に凜の矢はわずかに上に逸《そ》れてしまったところで、「女王勝利！」の文字が躍った。父は残念そうに呻《うめ》き声を上げ、凜の肩に手を回して抱き寄せようとする。抵抗したが、ぎゅっと抱きすくめられ、頭をじゃりじゃりとこすりつけられる。

「よく頑張った！　すごいよ。この間の試合もすごかったけど、これはもっとすごい！」

「いいってば。もういいからやめて！　暑苦しい」

渾身の力で押しのけると悲しそうな顔で身を引く。

現場で生で見ていた母でさえ、「凜の射の方が好き」とは言ってもくれなかった。違いが分かるのは恐らく極めて限られた人間だけだ。いや、やはりこれは、射品の問題ではなく、趣味の問題なのかもしれない。テレビのスタッフも、ほとんどの視聴者も、凜の「健闘を称え」つつ、波多野に喝采を送ることだろう。

果たして波多野は、これを観てどう思っただろうか？　自分の射を繰り返しビデオで観て「完璧」を目指してきた彼女は、これで満足しているだろうか？

分からなかった。射品とは何か。射格とは何か。そもそんなものは本当に存在するのか。矢が的に当たるという誰にも見間違いようのない事実の前で、そんな言葉は余りにも頼りなく思える。

波多野の射は、いわゆる「中《あ》て射」なんかではない。もっと体配《たいはい》もいい加減で、着装も乱れていて、早気《はやけ》で、しかし射れば百発百中という人もいる。そういう人をこそ「中て射」と言うのだと思うが、それとは全然次元の違う、美しく整った射ではある。でもそこに、心はない——ような気がする。そう、もしも彼女が女優になり、弓道女子を演じることになってドラマであの射をしたなら、何も文句はないだろう。よくぞここまで美しい射を見せてくれた、と。それはまさに彼女が目指す「演技の弓道」としては完璧なものかもしれない。

でもこれまで、凜が憧れ、感動したような射とは決定的に何かが違うような気がするのだ。

力衰え、視力を失いながらもなお的前《まとまえ》に立ちたいと思う棚橋先生の射には感動したし、その射を目に焼き付けようと思った。いつかの試合の前の演武で見た範士の先生の射も、忘れられない。ただ正確で上手い射など、記憶にも残らないし、ましてや感動とはほど遠い。

——しかしそれは、自分が波多野をライバル視しているから、あえて過小評価しようとしているのではないかと言われると、どうにも自信が持てない。中田が「君の射の方が好きだ」と言った言葉に誘導されている面もあるかもしれない。射品では負けていない、なんてただの負け惜しみのような気もする。正しい射は中たるはずなのだから、少なくとも最後に外れたあの一本は正しい射ではない、とも言える。

分からない。映像を見ていると自分の射は間違っていないような気もするのだが、それで負けた悔しさを誤魔化していちゃいけないような気もする。

やがて今度は場面が変わって、〝試合〟後に行なわれた波多野郁美とのカフェシーン。お互いリラックスした様子で笑い合ったりしているように見えるが、実際には（少なくとも凜の方は）終始ピリピリと緊張しまくっていてリラックスどころではなかった。編集の魔術か、数年来の友人同士に見えないこともない。波多野の服装も、凜に合わせたつもりなのか本人の演出なのか、ダメージジーンズにロックスターか何からしいグループのＴシャツで、さほどの「格差」はないように見える。

——一言で言って波多野さんにとって弓道とは何ですか？

画面には映っていないディレクターの質問が、テロップで表示される。

『えー』

波多野郁美は、まるでそんな質問されるとは思っていなかった、というような困惑した笑みを浮かべる。もちろん、収録が始まる前から教えられていた質問だが、とてもそうは見えない。

『よく考えるんですけどね、むっつかしいなあ……。まあでもやっぱり、人生そのもの、としか言いようがないですよね。何だか、生きる目的のようでもあるし、弓をすること自体が生きてるってことのような気もするし。射即人生《しやそくじんせい》て言うけど、結局そうとしか言いようがないんですよね、わたしにとっては』

――そこまで波多野さんを惹きつける弓道の魅力とは何でしょうか？

腕を組んで考え込む波多野。

『何なんでしょうね。〝道〟と名がつくものの中でも、ここまで自分自身――心だけでなく身体とも向き合うことを強《し》いられるものってないんじゃないでしょうか。多分それが、一番の魅力でもあり、難しいところでもあるんじゃないかと思います』

事前に彼女の本音を聞いていなければ、我が意を得たりとばかりに大きく頷いたことだろう。親友になれる、と思ったかもしれない。凜がずっと言葉に出来なくてもやもやとしていることをすぱっと言い表わしてくれたような言葉だったからだ。しかし、そんなことを思ってもいないはずの波多野に言われてしまうと、逆に間違っているような気さえしてくるから困ったものだ。

そして、同じ質問が今度は凜に向けられる。

――では篠崎さん。一言で言って、篠崎さんにとって弓道とは何ですか？

質問も、その順番も、すべてが仕組まれたものではなかったのかという気がしていた。誰が仕組んだのかは分からないけれど。波多野が先に、凛の言いたいようなことをすべて言ってしまったのでは、凛としては「わたしも全く同じ気持ちです」と言うか、無理矢理別の言葉を探すしかない。余程のことを言わない限り、波多野の印象を超えることなどできないはずだ。もちろん、テレビカメラの前で気の利いたことを言いたいなどと思っているわけではない。しかし、自分にとって重要な質問に対し、はっきりとした答えを出しておきたいという気持ちは確かにあって、波多野の返答――心にもない返答だ――は、そんな凛の心をぐらつかせるのだった。でもこの時既に、何と答えるかは決めていたから、さほどの動揺はなかったはずだった。緊張の余りぎごちない喋《しゃべ》りなのは仕方ない。

『……あ、えっと、すみません。ずっと考えてるんですけど……正直分からないんです。何で弓に惹かれたのか、何でこんなに一所懸命やってるのか、分からないんです。頭が悪いんですかね』

自虐的な笑い。今自分で観て、余計なことを言ったと激しく後悔する。全然面白くもないし、余計頭が悪く見える。

でもそれ以外は今でも間違った答とは思っていない。分からないものは分からない。それ以外どう言えと言うのか。最初から「○○を一言で言うと？」という質問自体くだらないと思っていたはずなのに、いざ聞かれると、無理矢理にでも答えなければならないものだと思い込んでいた。心のどこかに、すぱっとそれらしいことを言って誰かを感心させたいという気持ちがあったのか、それとも逆に、何とか言葉にすることで分かりにくい何かが分かるようになるのではないかという思い込みがあったのか。

考えて考えて、考えているうちに、そんなものは錯覚なんじゃないか、とはたと気づいたのだった。

弓道の教本にしたってそうだ。射法射技や心構えについて、微《び》に入り細《さい》を穿《うが》って説明されているが、初心者には何が書いてあるかほとんど分からない。どれほど丁寧に書かれた文章でも、それを読んだだけですぐ弓が引けるようになる人などいない。しかし、ある程度のことが出来るようになってから教本を読むと、途端に文章の意味が頭に入ってくる。すべてが納得できる。そして、自分がまだ実践出来ていない部分については、相変わらずよく分からないままなのだ。

分からない人間が、言葉を見つけたところで分かるようにはならない。それはむしろ言葉に意味を押し込めているだけだ。自分にとって弓道とは何か、ぼんやりとでも分かったなら、それを言葉にすればいい。一言か、原稿用紙百枚か、分からないけど。

収録の後、結局凜は波多野に請われてケータイのメールアドレスを交換したものの、確認のために交わした以外、メールは来ていない。そもそも、メール交換する間柄だ、とテレビカメラに見せたかっただけなのだろう。

もしかしたら番組放送後、何か言ってくるかもしれないな、と予感していたものの、結局その日は何も来なかった。特段の感想はなかったのかもしれない。

2

月曜日、登校すると案の定クラスメイトたちが声をかけてきた。「観たよ」とだけ言う人もいれば「惜《お》しかったけどかっこよかった」とか「すごいじゃん」と言ってくれる人もいる。何と言ってよいか分からず全部「ありがとう」と返しておいた。

同じ弓道部員の森口綾乃はどんな反応を示すか少し気になっていたが、顔を合わせた瞬間の素直な笑顔は純粋に喜んでくれているようだったのでほっとする。少し調子をあげているものの先日の試合には出られなかったし、またやる気を失ったりされたらと少し心配だったのだ。

放課後の部活でも「篠崎さんの射の方がよかった」と言ってくれたのは部長などごく一部の部員と吉村先生だけで、それもひいき目や慰めの可能性がある。やはり射格だの射品だのといったものはただの好き嫌いの話なのかもしれないし、いずれにしろ自分の戦う相手は常に自分であって、波多野郁美ではない。似たような山の違う頂点を、みんな目指しているのかもしれない。波多野の方が自分より高く昇っているかもしれないけれど、その山は自分と同じ山ではない——そういうことなのかもしれない。

あれこれとまた以前にも増して考えすぎたせいか、射場に立つとまたどうにも調子が悪い。映像で見直した自分の射を再現すればいいと思うものの、手の内《うち》から妻手《めて》から、すべてが間違っているような気がしてくる。一度出来たことが続けて出来るとは限らないのが弓の不思議なところだ。

最終的には結局またいつものようにああでもないこうでもないと悩みばかりが残った。

着替えを終えて更衣室を出たところで、しばらくぼーっと突っ立っていた。他の部員は声を掛け合い、校門や自転車置き場へと去って行く。

——あれ？　自分は何でここに突っ立ってるんだろう？

「カレシなら、なんかさっき、慌てて帰ったよ」

後から出てきた綾乃が、面白がっている様子で話しかけてきた。

「カレシじゃないって……」

反論しかけ、自分がもう中田と帰るのを当たり前だと思っていることに気づいて愕然《がくぜん》とした。

無性《むしょう》に腹が立った。自分の生活に無理矢理入り込んできて、居座ってしまっていることが許せない。

「たまには友達のことも思い出してよね！　かき氷でもおごっちゃう？」

「誰が？　綾乃が？」

凜はとぼけて聞き返した。

「何をおっしゃいますか。凜が、あたしに」

「いやいやいや。滅相《めっそう》もございません。綾乃が、わたしに、でしょ？」

中田のことなんかすぐに頭の中から追い出して、歩き出していた。

「いやいやいや。テレビ出演を記念して、ここはぱーっと」

「なんで。負けた人を慰めてくれるんじゃないの？」

「あんなの負けたうちに入らないよ。銀メダルみたいなもんじゃん」

銀メダル。嬉しいような嬉しくないような。綾乃も、凜が負けたのだと思っている。ずっと一緒に弓をやってきたのに。同じように好きなわけでも、同じものを目指しているわけでもないことは知っていたが、それでも少し寂しい気がした。

「分かったよ、今日はおごってあげる」

「ほんと？　ラッキー」

中田のことはすぐに忘れたのだが、翌日にもまた彼がそそくさと帰ってしまっていたのでさすがに妙だと思った。自分の部活や勉強で忙しいとか、もう凜や弓道部に興味がなくなったというのなら、まだ分かる。しかしそれならわざわざ弓道部を覗きに来る必要はないわけで、一旦《いったん》しばらく覗きに来て撮影だけしてから、黙って帰ってしまうというのは意味が分からない。

「あいつと喧嘩《けんか》でもした？」

綾乃が誘うのでまた二人でファストフード店に立ち寄り、フローズンドリンクで暑さと疲れを癒やしているところだった。

「あいつって……中田先輩？　別に」

答えながらも、何か避けられるようなことがあったっけと思い返していた。いや、何もない。収録の時にはもちろん凛の射を褒《ほ》めてくれて慰める——というより勇気づけてくれたし、その後だって少しも態度の変化などなかった。ただ、番組が放送されてからはまだ言葉を交わしていないし、感想も聞いてはいない。考えてみたら変な話だ。せめて放送の翌日、朝真っ先に教室に来て、何か興奮して喋りそうなものなのに。プロの仕事だなーとか、あるいは逆にプロのくせにあそこはどうこう、とか。何も言いに来ない、メールすら書かないということは、やはりあの番組の放送を観て、何か顔を合わせたくない理由ができたということではないのか。

一体何だろう？

首を捻《ひね》ったが、まるで想像もつかなかった。そして、自分がそんなことを考えさせられていること自体に腹が立ってきた。

まるでこっちが心配してるみたいじゃん。あんなやつ別にどうでもいいのに。

「なんか変だよね、あんたたちって。つきあってるのかつきあってないのかよく分かんない」

「だから、別にそんなんじゃないって。色々便利だから、好きなようにさせてるだけ」

「でも向こうは凜にベタボレなわけでしょ？」

「そんなこと……ないと思うよ。映画の素材として、なんか興味があるのは確かみたいだけど」

「ふうん……じゃあ言っちゃうけどさ」

綾乃は少し迷っているような表情を見せたが、少しテーブルに身を乗り出して囁《ささや》くように言った。

「実はさ、昨日、バレー部の沢田《さわだ》さんが見かけたんだって。中田先輩が帰るところ」

「うん？」

「それがね、運転手付きの高級車に乗り込んだって。校門の前で」

運転手付きの高級車ですぐ思い出すのは、波多野郁美の車くらいだ。中田の家にそんなものがあるかどうかは知らないが、多分違うような気がする。

「しかもさ、なんか髪の長い女の人と一緒だったたって。もしかして、他に彼女ができたのかな？」

自分がその場にいたかのような光景が浮かんだ。波多野郁美の白いベンツ。三人で乗ったときは中田は助手席だったが、二人なら一緒に後部座席に乗り込んだことだろう。波多野はあの時と同じワンピース姿だっただろうか？

「……あ、ごめん。やっぱショックだった？　言わない方がよかったかな？」

綾乃が謝ったので、凜ははっとしてぶるぶると首を振る。

「ちょ、何言ってんの。だから、つきあってないって言ってるじゃん。それに多分、その人が誰にしろ、恋人とかじゃないよ。そんなのできるわけないもん、あいつに」

笑いながらそう言ったものの、何だか分からない痛みを感じていることは認めざるを得なかった。

その夜はベッドに入ってからも長い間中田のことを考えていた。一体自分にとって彼は何なのかと。

彼について、何を知っているかと考えたら実のところよく分かってはいない。でもいつの間にかすごく長い時間近くにいて、何だかそれが当たり前になっていた。ずっとそばにいても気にならない存在。そして、こちらは彼のことをよく知らないのに対し（こちらから何か個人的な質問をすることはほとんどない）、ずっと観察され、撮影されているうちに、すっかり内面まで覗かれてしまっているような気さえする。弓を引いたこともないくせに、いっぱしのアドバイスまでしてきて、それが案外当たっていたりもするのが何だか悔しいが、でもいつの間にかそれを期待してしまっているところもある。好きとか嫌いとか、そういう問題ではなく、でもいないよりはいてほしい、そういう存在だ。家族や友達に言えないようなことでも、なぜか中田には言える。ある意味それは彼が完全な「他人」だからかもしれない。二人の間にはそもそも友情も愛情もないから、ビジネスライクに相談ができる。それが二人のそれまでの関係を壊すかもしれないという心配がない。

友情も愛情もない？

そうなんだろうか。

異性としてどうとかいう感情がないことは確かだ。……多分。まあでも、お互い好意は持っているのだろう。

そうだ。自分は少し甘えていたかもしれない。

凛は軽いショックを覚えながら反省していた。

中田が自分に向けている感情がなんなのかよく分からないままに、彼が自分を必要としているらしいことだけはまったく疑っておらず、それなら自分は彼を利用してもいい、そうできる立場なんだと思い込んでいなかったろうか。そうして彼を利用しているうちに、今度はその心地よさに依存してしまったのではないか。撮影してくれたビデオは自分にとっても役に立つことが多かったたし、新歓でも大いに使わせてもらったのに、ずっと「撮らせてやってる」という意識ではなかったか。彼がもし、感謝の一言もない凛や他の弓道部員たちに愛想を尽かし、もっとテレビ映《ば》えしてスターの階段を上っている波多野郁美に心変わりしたとして、何の不思議もない。

それとももしかして、単に波多野郁美には女性として魅力を感じたのだろうか？

何だかもやもやするのだが、それが焼き餅なのかどうか、自分でもよく分からなかった。気持ちのいい想像でないことだけは確かだった。

ダメだ。こんなことをグチャグチャ考えるのは性に合わない。明日直接訊いてみよう。

そう決めてしまうといっぺんに気は楽になり、すぐに眠りに落ちた。

翌日は、もう弓道場にも現われない可能性を考え、昼休みに放送新聞部に押しかけることにした。放課後までただ待っているのも我慢ならなかったのだ。お弁当を急いで食べれば、放送終わりにちょうど間に合う。

『……というわけで、今日はジョルジュ・ドルリューの「イルカの日のテーマ」と「リトル・ロマンス」をお送りしました。放送新聞部のＤＪ中田と』

『衣川《きぬがわ》でしたー』

放送が終わるのを確認し、凛は放送室のドアをノックする。

「はい、どうぞ」というくぐもった返事とほぼ同時に（少し早かったかもしれない）ドアを開け、つかつかと中へ入る。考えたらここへ来るのは二度目で、前回も結構怒って殴り込みみたいだったのを思い出す。

中田もう一人の部員も、まだ残っていたらしい弁当を食べているところだった。振り向いて凜の姿を認めた中田は、口の中にご飯を入れたまま咳《せ》き込み、少し米粒を弁当箱に噴き出した。

「……な、なに……？」

勢い込んできたものの、何と問い詰めればいいのか考えていなかったので、しばらく言葉が出てこない。

どうして一人で帰っちゃうんですか？

それではまるで一緒に帰りたいみたいじゃないか。

波多野郁美さんと交際してるんですか？

それこそ、関係ないだろって話。

しかし、黙って見つめているのが、睨みつけているように見えたのかもしれない。中田はキョロキョロと目を泳がせながら、まだ残っている弁当を片づけ「ごめん。あと頼む」と部員に行って放送室を出ようとするのだった。

「こ、ここじゃ何だから……」

そう言って外を指さし、放送室を出たので、いまだ言葉の見つからない凜はそのまま後についていった。

二階へ通じる階段の下の引っ込んだところに隠れるみたいに歩いて行く中田。キョロキョロと周《まわ》りを見回し、人が見ていないことを確認すると、唐突に両手を合わせ、頭を下げた。

「ごめん！　悪いとは思ったんだ。思ったんだけど、強く断われなくて！」

「は？　何の話ですか？」

「……えっ。波多野さんの件じゃないの？」

話は合っているようだ。ということは、波多野郁美の方から、中田に告白したってことだろうか？　ちょっと信じがたいが、まあそういう趣味の人もいるのだろう。

「……じゃあ、ほんとなんですね。いや、別にいいんです。別にいいんですよ。わたしたち、別につきあってたわけでもなんでもないんですから。どうぞご自由にしてください。ただ……ただ何か、釈然としないんですよ。あの番組が放送されてから、何にも言ってくれないじゃないですか。あの時は、わたしの射が好きだって、言ってくれたのに、放送を観たら気が変わったのかと……」

射が好きであることと、人として――女性として好きであることはもちろんイコールでないことは分かっていたが、波多野より凜の射の方が好きだと言っておいて波多野とつきあうというのは何だか裏切られたような気がするのは確かだ。ていうことはやっぱりこれって嫉妬？

「何言ってんの？」

中田のぽかんとした表情を見て、やはり何か話がすれ違っているらしいことに気づいたが、では本当はどうなのかというのはさっぱり分からなかった。

「いや、だから……波多野さんと……その……交際してるんですよね？」

顔の前に垂直に立てた手をものすごい速度で左右に振り、ゴリラのようにうろつき回る。コントでしか見たことがないような狼狽《ろうばい》ぶりだ。

「はあ？　ぼくが？　いやいやいやいや。いやいやいやいや。ありえないから。何それ。何でそんな話になってんの」

「だって、毎日こそこそ帰るし、波多野さんの車に乗ってるのを見たっていう人がいて……」

正確ではない言い方だが、否定しなかったので間違いではなかったようだ。

「だからそれはね、日曜の朝――あの放送の直後だよ、急に波多野さんに呼び出されちゃってね」

「え？」

呼び出された、ということは彼も一応連絡先の交換はしていたということだろうか。

「そうだよ、ぼくだってびっくりしたよ。まあ、あれを観るために起きてたから、とりあえず呼び出されたところまで会いに行ったんだ。そしたら、すっごい見たこともないような怖い顔してて、ぼくに頼んできたんだよ。――普段の篠崎さんの練習を観たいって。できればテレビカメラとかの前じゃない、普段の練習を」

あまりに意外な話だったので、今度はこちらがぽかんとする番。

「練習？　わたしの？」

「君にはできれば黙ってて欲しいって。もちろん、普通のスポーツだったら、断わってたよ。そんなの、スパイみたいだし。でもまあ、もう君と波多野さんの勝負は一応終わってるわけだし。彼女がぼくにこうやって頼んできたってことは、つまりは君の勝ちを彼女が認めたってことなんだ。分かるでしょ？　彼女もあの放送を観て、自分の射より君の射の方がいいと認めざるを得なかったんだ……多分ね」

混乱していてすぐには飲み込めない。

「つまりその……昨日もおとといも、練習を撮ったビデオをそのまま波多野さんに観せに行ったってことですか？」

「そうだよ。まあ一回二回くらいならいいんじゃないかと思って。波多野さんはまだ不満げだったけど」

「タダで、ですか？」

「えっ？」

ぎくりとした様子で目を逸らす。

「波多野さんに頼まれたら、何も見返りも求めず、素直にビデオを渡すんですか？」

しばらく唇を舐《な》め舐め、迷っているようだったが、ついに観念した様子で答えた。

「いや、そりゃね。一応、交換条件は出したよ。――そのうち撮影させてくださいって。OKしてくれたよ。だってさ、あんなきれいな子、そうそういないよ？」

腑《ふ》に落ちると同時にある意味安心し、そしてある意味少し腹が立った。

「趣味じゃないって言ってたくせに」

「一男性としては、そうだよ、趣味じゃないよ。でもぼくの中のプロデューサーが囁くんだな。――この子を出せば視聴数稼げるぞって」

とりあえずこの場を凌《しの》ごうと思って嘘をついているわけではなさそうだった。そういう嘘のつけない人だということは分かっていた。

しかし、真相は分かったものの、ではどうしたものかというのはさっぱり分からなかった。波多野が自分の練習を観たいというのならいくらでも観ればいいと思う。あれほどの技術を持った人が参考にしたいと本当に思ってくれているのなら、それはむしろ光栄なことだし、自分がこれまでやってきたこと、進んでいる道の正しさの証明にもなる。

「……でも、彼女は不満そうだったよ。昨日とおとといの練習をざっと観て、『こんなわけない！』って。他で密《ひそ》かに練習してるんじゃないかって」

「え？　どういうこと？」

「だってさ、君はあそこでもうたった一人の正面打《しようめん》ち起こしだろ？　吉村先生が来てから、みんな斜面《しやめん》に乗り換えちゃったから。それをおかしいと思ってるんじゃないかな」

「ああ……」

凛はしばらく真剣に試してはみたものの、正面に慣れすぎていたせいかやっぱり違和感を覚え、無理をすることはないと元に戻したのだった。吉村先生は正面打ち起こしの指導もできるとはいえ、ここ最近自分でやってみせることはないので、ビデオには映っていないだろう。そして凛が目標にしているのは常に、記憶やビデオの中の棚橋先生の射であり、学校にいる人間ではない。波多野が妙だと思うのも当然だ。

「前の先生は、もう弓が引けないんだってね？　時々教えてはもらえるの？」

凛は黙って首を振った。

ここしばらく、顔を見にも行っていない。目が見えないだけでなく、最近少し体調も崩しているようだと、本多部長が心配していた。夏休みに入ったら部長以下数人でお見舞いに行こうという話も出ていたくらいだ。

お見舞いにはもちろん行くべきだ、という気持ちと、弱った先生の顔はできれば見たくないという気持ちがせめぎ合っているところだった。もし誰かが強く「行くよ」と言わなければ、ずるずると先延ばしにしたい気持ちもないではない。

凜はあえて考えないようにして、話を戻した。

「……今日も撮影だけして、波多野さんに観せに行くんですか？」

中田はバツが悪そうにまた顔を背け、答える。

「……一応、そういうことになってる。でも、君にバレたって分かったら、もういいって言うんじゃないかな。なんかプライド高そうだし」

確かにそうだ。こっそりこういうことをされるのはあまりいい気はしないが、まあ実害はないし、これで諦めてくれるならそれでいいか、と思った。

波多野と中田が交際していなかったと分かって、すっかり気持ちが軽くなっている。関係ないはずなのに、やはり嫌だったのだろう。今回のことは怒ってもいいことのような気もするのだが、とてもそんな気にはなれない。凜も、中田のことをいつの間にか都合よく使えるカメラマン兼よろず相談所にしてしまっていたことを反省するべきだと思った。

「もし一緒に練習していただけるのなら、いつでも歓迎しますって言っておいてください」

「……うん」

そうは言ったものの、もちろんそんなことにはなるまいと思っていた。

3

その日の練習が終わる頃、中田は射場の凜に目で合図して、弓道場を離れていった。凜はみんなと一緒に後片付けをし、戸締まりを確認して着替えようと更衣室に向かいかけたところで、中田が戻ってきていることに気づいて立ち止まった。その後ろに、つばの広い帽子とワンピース姿の波多野が立っている。

「……どうも」

凜が頭を下げると、波多野は目を合わせないようにしながら近寄ってきて、少し躊躇《ためら》った後帽子を取って軽く頭を下げる。まだ残る真夏の熱気の中で何とも涼しげだ。

「――スパイみたいな真似しちゃって、ごめんなさいね」

「ああ……いえ。別に」

しばしの気まずい沈黙。

「正直、ショックだったの。放送観て。自分の射も、あなたの射も、ちゃんと見てたつもりだったのに。ああやって並べて比較するまで分かってなかった。何も分かってなかった」

他の部員たちもどうしたことかと立ち止まるが、ただならぬ雰囲気を察して遠巻きに見守ったり、見てはいけないとばかりに着替えに行ってしまう。

「的中《まとあ》てゲームに勝って喜んでるわたしを見て、さぞかしおかしかったでしょうね」

自嘲気味に言う波多野に、凜は慌てて首を振った。

「そんな！　そんなこと、思うわけないじゃないですか。わたしだって、負けて悔しかった。勝つつもりであそこに立ったんですから。負けは負けです」

「……ほんとに？」

その目に涙のようなものが光っている気がしたが西日が眩《まぶ》しくてよく分からなかった。

「ほんとです」

「……放送を観て、どう思ったの？　二人の射を比べて、どう思った？」

「あー、それは、その……」

言い淀み、言葉を探した。嘘にならない範囲で、彼女を傷つけない言葉を。

「……わたしは、自分の射の方が好きだな、と思いました。この道は間違ってないんじゃないかと。でも、分かりません。何が正しいのか、分からないんです」

結局、ただ思ったままを答えるしかなかった。

ぷふっ、と笑いが漏れた。

「中田くんと同じこと言うのね。仲がいいこと」

「いやあ……」

中田が波多野の後ろで頭を掻く。

照れてんじゃねーよ。睨みつけたが気がつかなかったようだった。

「あなたが誰をお手本にしてるのか、どんな人に教えてもらってるのか知らなくちゃと思ったけど、学校にはいないようね。どこかで個人指導を受けてらっしゃるの？」

「いえ。学校で練習してるだけです——今は」

「見取り稽古も？　してないの？」

「はい」

波多野はしばしうんうんと頷き、言った。

「じゃあ、あなたの先生に——昔の先生にお会いしたい。棚橋先生、だったかしら？　是非ともその先生にお取り次ぎお願いしたいわ」

「それは無理です。棚橋先生は……その……」

どこまで話していいものやら答に窮していると、すっと隣に近づく気配を感じた。

吉村先生だ。

「棚橋先生に会いたいの？　だったらちょうどわたしたち、今度の日曜にお伺いしようかと思ってたところなので、一緒に来る？　小さいけど射場があるから、弓を引くこともできるんだよ」

「先生！　だって——」

いずれお見舞いに、とは言っていたが今度の日曜とは初耳だし、行ったところで弓の指導など受けられるわけでもない。

波多野の顔がぱっと明るく輝く。

「ほんとですか！　よろしくお願いします」

心から嬉しそうに頭を下げ、先生と待ち合わせの相談をすると、晴れ晴れとした様子で去って行った。

「先生——どうするんですか？　ほんとにあの人を連れて行くんですか？」

「いいじゃない、別に。知らない人が一人余分に来たって、棚橋先生は気になさらないと思うよ」

「でも、先生の目が見えないって知ったら、怒り出すんじゃ……？」

「かもね。でもあの人は、あなたの本当の先生に会いたい、そうなんでしょ？　あなたの先生は棚橋先生。わたしの教えたことなんてほとんどないもの」

「そんなこともないと思いますけど……」

「それにね。前にも棚橋先生に言われてたの。今の部員——特にあなたに来て的前に立って欲しいって。成長を見せて欲しいって。試合のことも、テレビのこともご存じよ」

「見せてって言われたって——」

もちろん、射形を見てもらうことは出来ない。でも、お体の具合も気になるし、直接会って色々と報告しなければならないことは確かだ。そしてもしかすると、たとえ目で見ずとも、波多野の悩み、凜の悩み、色んな事柄について何か教えてくれる可能性はもちろんある。

「……分かりました」

「あ、あの」

少し離れて聞いていた中田がひょこひょこと近づき、先生に話しかける。

「ぼくも一緒に行かせてもらって……いいですか？」

先生は一瞬躊躇うそぶりを見せたものの、にやっと笑って肩をすくめた。

「いいんじゃない？　弓道部の専属カメラマンだもんね」

日曜の午後。凜は弓道着を着て、竹弓と矢筒、道具一式と母に持たされたお茶菓子を手に、歩いて棚橋先生の自宅へと向かった。春休みに一度部長たちと一緒に挨拶に行ったもののの、その時も練習はしていないので、この格好で行くのは一年以上ぶりだ。もう弓を引けなくなった——引くことを諦めた先生のすぐ傍らで自分たちが練習することがいいことなのかどうか、いまだに凜には分からなかった。最終的には先生の顔を見て、判断しようと決めていた。

外の来客用駐車スペースに大きめのワゴン車が駐《と》められていたので、吉村先生以下何人かは既に到着しているようだった。

「こんにちはー」

一応門の脇にインターフォンはあるのだが、中からざわざわと気配を感じるのでそのまま格子戸を開けて母屋の玄関へ入っていった。開けっぱなしの三和土《たたき》にはいくつかの草履とスニーカーがきれいに並べられている。二張《ふたは》り、弓が立てかけられているので、凜も自分の弓をその隣にそっと立てかける。他の荷物は大きな衝立《ついたて》の前に置かれていたので自分のものもそこに置き、お茶菓子だけを手にスニーカーを脱ぎ、きれいに揃《そろ》える。

奥から、凜と同じく弓道着姿の本多部長が顔を見せ、手招きした。

「もうみんな、来てるから」

以前、刑事たちと話をする羽目になった横長の客間で浴衣《ゆかた》姿の棚橋先生の向かいに、吉村先生と中田先輩、そして棚橋先生のちょうど向かいに当たる座布団を一つ空けて波多野郁美が坐っていた。波多野郁美ももちろん弓道着姿だが、少し困惑が見て取れる。

本多部長はわざとなのか真ん中の座布団を避けて波多野郁美の左側に坐ったものだから、凜は仕方なく棚橋先生の真ん前に坐ることになった。

「ご無沙汰しております。篠崎です。お元気そうでよかったです」

どういうふうに見えてもそう言うつもりだったのでとりあえず大きめの声でそう言ったが、春の時から比べてもさらに縮んで小さくなってしまったようで、かろうじて座布団に坐っているというふうにしか見えなかった。お茶菓子の箱をテーブルに置いて差し出したが、先生は気づいていないようだった。

「ああ……篠崎さん。いらっしゃい。試合のビデオも、この間のテレビも観せてもらいました。まあ、音だけですけどね。他のみんなもすごく頑張ってくれて。吉村先生のおかげね」

色つきのメガネをした顔を、凜のいる方へ向けるが、目の焦点が合ってないらしいことは分かる。去年より、もっと何も見えなくなっているのかもしれない。

口調は明るいが、声を出すのも辛そうで、やはりこんなふうに押しかけてきたのはかえって迷惑だったのではと思い始めていた。

ヘルパーさんが、お盆に載せた麦茶を持ってきてテーブルに並べてくれる。エアコンはないようだったが、敷居の向こう、障子を開け放った隣の部屋に置かれた古い扇風機が、気持ちのいい風を運んできていた。お茶菓子をヘルパーさんに示すと気づいて「棚橋さん、お菓子をいただきましたよ。皆さんにお出ししましょうかね？」と先生に訊いてくれたのでほっとする。

みんなが麦茶に口をつけた後、吉村先生がやおら口を開いた。

「最近みんな、ぐんと成績が伸びました。基本がしっかりしてたんです。変な癖のついている子はほとんどいませんでした。本多さんも、篠崎さんも、本当にきれいな射ですよ。

棚橋先生が、どういう教え方をされていたか、よく分かります」

棚橋先生の顔がほんの少し綻《ほころ》んだ。

「いい先生に来ていただいて本当によかった。中途半端にみんなを放り出してしまって……」

「そんなことないです！」

とひとしきり凜たちが腰を浮かせて否定すると、棚橋先生は少し涙ぐんだようで、指で目尻を拭《ぬぐ》う。

「……それで今日は、この間篠崎さんと一緒にテレビに出ていた烏丸女子の波多野郁美さんも一緒に来ていただきました。ぜひ先生に一度お会いしたい、と言うので」

「波多野です」

波多野は、依然困惑した様子で名乗り、頭を下げる。

「ああ……烏丸女子の。あそこはいつも強かったものね。——平山《ひらやま》先生、だったかしら？お元気？」

凜の隣に顔を向け、棚橋先生は記憶を探りつつ訊ねる。

「はい。今でも教えていただいてます」

「そう」

何か言いたげな様子だったが、結局それ以上何も言わなかった。よく知っている先生なのだろうか。

「じゃあ早速で申し訳ないけど、みなさん引いてくださる？　そのつもりで来てくださったのよね？　そんなに起きていられないから。とりあえず一手《ひとて》ずつ。坐射《ざしゃ》でね」

先生は完全に、凜たちが弓を引くものと思い込んでいる。いいも悪いもない。

弓道着姿の三人は弓と矢筒、道具を持って弓道場へと向かった。その間に棚橋先生はヘルパーさんと吉村先生の手を借りて車椅子に乗り、後からやってくる。

二人立ちの射場《しゃじょう》の安土《あづち》には真ん中に一つだけ、新しい的がかけられていた。一人ずつ順番にやれということのようだ。

お客さん、ということか、まずは波多野が吉村先生に促されて立った。丁寧に一手行射《ぎょうしゃ》し、中心付近に皆中《かいちゅう》させる。どれほどアウェイだろうが、彼女には関係ないようだ。射形にも乱れはない。

棚橋先生は、息遣いさえも聞こうとするかのように身を乗り出し、じっと耳を澄ましていたが、波多野が弓を置いて戻ってきて正座し、頭を下げると感嘆したように言った。

「素晴らしいわね。文句のつけようがない。テレビじゃよく分からなかったけど、完璧ね。参りました。篠崎さんでなくても、誰も勝てないわ」

棚橋先生がこんなふうに褒めるのは余程のことだ。自分の生徒ではないからここまで褒めるのか、それとも目が見えなくなったのでもうケチのつけようがないのではないかと、ひねくれて考えてしまう。

しかし、目が見えている自分たちでさえ、確かに波多野の射には「文句のつけようがない」のだから先生のコメントは的確ではある。

波多野は何か言いたげだったが、もう一度頭を下げて、棚橋先生の後ろに回る。

次に立った本多部長の射は、これまたいつも通りパワフルで、強い矢勢《やいき》で飛んでいった矢は、的に深々と突き立つ。

「また弓を強くした？　十六キロ？」

「……はい。斜面だと結構楽に引けるようになりました」

「そう。無理は禁物よ。中《あ》たるからって気を抜いたら、気づかないうちに射形が崩れてたりするものよ。肩だって壊すかもしれないし」

「はい。気をつけます」

弦音《つるね》や矢羽根《やばね》の立てる音で、弓の強さも分かるのだろうか。

「でも立派ね。あなたも、立派な射です。自信を持って」

そして凜の番だ。

一体ここへ何をしに来たのかよく分かっていなかった。成長を見せるため？　棚橋先生を元気づけるため？

分からないからこそ、今できる全部をぶつけるしかないような気がした。波多野だって見ている。棚橋先生はたとえ目が見えなくとも、きっと自分の射は感じ取れるのだろう。そう信じてやるしかない。また迷っていたら、きっと的中がどうとか以前の駄目な射が出てしまうことだろう。

先生が最後に見せてくれた射を思い出していた。あれが最後の、そして最高のお手本だったのだ。

凛は一動作たりとも疎《おろそ》かにせず、的に向かった。的は自分自身のようで、棚橋先生のようでもあり、部長や波多野の姿でもあった。

心が、澄んでゆく。

雑念はなかった。

既に四本の矢が刺さったままの的に、さらに二本、真っ直ぐに打ち込む。外れるかもしれないとか、中てようとか、そういうことは何も考えなかった。ただ自然に、矢は中たるべくして中たった。そういう感じだった。

しっかりと残身《ざんしん》を取り、車椅子の棚橋先生のところへ向かう途中、棚橋先生の眼鏡の下から大粒の涙がぽろぽろとこぼれるのが見えて凛は不意を打たれて立ち止まった。

「……先生」

「いい音ね。ほんといい弦音。昔を思い出しちゃった。長く弓を引いてきたけど、満足する弦音が出ることは、なかなかなかった。ほんとありがとう。いい弦音を聞かせてくれて。

ありがとうね。ほんとにありがとう」

「……今日は竹弓にしました。弦もちょっと高いやつなんです」

ついい、照れ隠しでそう口にしていた。

「それくらい分かってるわよ。でもね、たとえ安い弓でもあなたの弦音は分かる。わたしには分かります。これからも、一手ずつ、一射ずつ、大事に弓を引けばいいと思います。あなたがこれまでずっとそうしてきたように」

棚橋先生が両手を伸ばしてきたので凜は弓を肩に立てかけ、思わずその手を取った。右手にはまだ弽《ゆがけ》をしたままだ。

ほとんど骨だけと思える手が、弱々しく、しかししっかりと凜の手を摑む。そこから何かがじわりと染み込んでくるようだった。

単行本時あとがき

妻が弓道を始めて十年以上になる。これまでスポーツは部活でもしたことがないのに、弓はよほど性に合っていたのかずっと続けており、とうとう五段にまでなってしまった。当初から、弓の用語、用具、名人のエピソード等々の話は素人が聞いている分にも滅法《めっぽう》面白く、なんとかミステリに活かせないものかとずっと考えてはいた。しかしやはり自分でも少しはやってみないと書くのは無理かと同じ先生に教えてもらい、ぼく自身も二年前、なんとか初段にはなった。目標達成した安心感もあってその後はサボりがちなので、なかなかそこから先へ進める気はしないが、まあ気分転換、体力維持くらいで時々引ければばくらいに思っている。

数年前、弓道場の倉庫から高い弓が数本盗まれるという事件があり、お世話になっている会の人のものも含まれていた。倉庫は密室——でもなんでもなく、鍵もかかっておらず誰でも出入り自由の状況だったので、犯人を絞り込む手がかりなど何もない。しかし大方の想像通りこの犯人、その弓をネットオークションに出したものだから、手分けしてそれらを落札し、警察に提出したことで無事御用となった（弓道部の大学生だった）。現実で起きるとなかなかにエキサイティングな出来事だったが、小説に使おうといろいろこねくり回したあげく、結局は本書の三話目にほんの少し反映するくらいにしかならなかったのはまあ仕方ない。

そんなわけで、本書には現実のモデルとかエピソードはまったくありません。高校生の試合の様子を書いていますが、高校も試合もモデルは存在しません。似た人物、学校等ありましても偶然の一致です。

また弓道用語等について反求舎の教士六段井川香先生にアドバイスをいただきましたが、文責はすべて作者にあります。

二〇一八年九月

我孫子武丸

解説

（京都大学　人と社会の未来研究院　准教授）
阿部修士《あべのぶひと》

我孫子武丸《あびこたけまる》先生の小説が文庫化されるから解説を書いて欲しい――はて、何かの間違いで仕事の依頼を頂いたのだろうか。私は普段、大学で人間の行動や脳の研究をしている。どうして我孫子先生から解説の依頼が来たのだろう。

『凜の弦音《りんのつるね》』は、弓道に打ち込む高校生に焦点を当てた、いわば青春小説である。私も高校では弓道部に所属していた。自身の研究と弓道とを結びつけて考えることはあまりしない。ただ一度だけ、脳のメカニズムの観点から、本書でも登場する「早気《はやけ》」について考察し、短い論考（というと聞こえは良いが、実際のところは個人的雑感）をまとめたことがある。どうやら我孫子先生はそれを読んでくださったらしい。これまで小説の解説など書いた試しがない。少し躊躇したが、研究者と弓道経験者の両方の視点で、好きに書かせて頂こうと決めてお引き受けすることにした。

主人公の篠崎《しのざき》凜は、弓道にひたむきに打ち込む高校一年生である。物語は凜を中心としながら、ある事件を皮切りに進んでいくが、中心的なテーマは凜の内面の成長である。事件をきっかけとした周囲の変化や、新たな出会い、そして弓道を通じて自分自身と向き合い成長していく過程が、小気味よく描かれている。凜は既に弐段であり、高校一年生としては十分な射技を身につけているものの、まだ弱さや不安定さも垣間見えるものだから、読者は思わず凜を応援したくなることだろう。

本書では多くの「弓道あるある」が登場するが、その最たる例としてあげられるのが、射形《しゃけい》の向上を目指すのか、的中率の向上を目指すのか、という葛藤である。正射必中《せいしゃひっちゅう》と言われるように、正しい射ができれば的中は自ずとついてくる、とされる。中《あ》てよう、と考えてはいけないのだ。昇段試験でも、上位の段では的中が要求されることもあるが、やはり基本的には射形が重視される。だが、試合の勝敗を決めるのは的中数である。どれほど美しい射形であっても、的中しなければ試合には勝てない。結果として、多少射形が崩れていても、的中を優先させてしまうことが少なからずある。高校生のみならず、中学生や大学生、あるいは社会人であっても、弓道経験者の多くはこうした葛藤に直面するはずだ。

だがこの葛藤こそ、弓道の稽古における本質なのかもしれない。スランプ気味の凜に対して、新しい顧問である吉村《よしむら》先生が「悩んで、考えて、考えて、どこかで吹っ切って、結局練習する。それの繰り返し」（一六九頁）と諭す場面がある。私も高校生の時にはなかなか吹っ切れないものがあったが、簡単には答えの出ない葛藤を続けること自体が鍛錬なのだろう。答えがある方が、悩まずにすむし、やるべきことが決まるので楽である。葛藤があると、身体的にも精神的にも迷いが生じる。だが、その葛藤を乗り越える、あるいは乗り越えなくとも、謙虚に受け止め続けることで初めて、技術的にも精神的にも成長できるのだろう。すぐにゴールがあるようなものではない。だからこそ弓「道」なのではないか。

物語の後半には、凜のライバルとなる波多野郁美《はたのいくみ》が登場する。波多野は凜と同等、あるいはそれ以上の射技を身につけているようだ。ただし、二人の間には、弓道に対する姿勢に大きな違いがある。波多野は「わたしね、弓道が好きなのは、かっこいいから。それだけ」（二三五頁）と言い放つ。弓道を『見せるためのもの』」（二三五頁）と割り切っているのだ。そこに迷いは微塵もない。

波多野が口にしている弓道への向き合い方は、あまり褒められたものではないかもしれない。凜によれば、波多野の射には心がないように感じられるようだ。だが筆者は、中てることにとらわれずに稽古を積んでいる波多野に、ある種の期待と面白さを感じずにはいられない。

そもそも弓道において、的に中てたいという欲求に直接抗い、コントロールするのはかなり難しい。詳細は割愛するが、若者は特に脳の「報酬系」と呼ばれる領域の活動が強いため、的中を意識しないようにすることなど、実際にはほぼ不可能ではないかと考えざるを得ない。だが波多野は「かっこいい射を真似る」という、的中とは別の目的をより上位に設定しているため、的に中てたいという欲求がそもそも生じていないようである。これはある意味では、意図せず「無心」に近づいている可能性がある。「心が無い」という表現はネガティブに聞こえるが、〝放す〟のではなく〝離れる〟のが理想とされるように、無心は評価される。波多野はおそらく、多くの弓道経験者が容易には経験し得ない無心の射を、ある程度は実践できているのではないか。それが結果として高い的中率に繋がっている。今はまだ、無機質な「心が無い」射なのかもしれない。だが、なんだかんだいっても弓道が好きな波多野は、これからも研鑽《けんさん》を積んでいくだろうし、精神面で一皮むける可能性があるように思えてならない。凜にとっては、これからも手強いライバルであり続けるのではないか。

静謐《せいひつ》な時空間で礼儀作法を重視するという性質上、弓道ではドラマチックなことがそう頻繁に起こるわけではない。そのため、弓道をテーマに小説を書くのは、おそらくかなり難しいはずである。だが、そこはさすがの我孫子先生である。登場人物のその後が気になってしまうような仕掛けをちりばめながら、ミステリーの要素も入れつつ、そして弓道の面白さも損なうことなく、一気に読ませる爽快な作品に仕上げている。ミステリー作家としての我孫子先生ファンにとっては、本書が『殺戮にいたる病』『腐蝕の街』を書いた我孫子先生の作品とは思えないのではないだろうか。だが、現場の風景が目の前にあるかのような描写や、登場人物の息遣いがすぐそばに感じられるかのような緊張感など、我孫子先生の筆力おばけぶりは通底している。弓道の経験がない読者でも、きっと本書に引き込まれることだろう。

私は本書を読み進めていくうちに、弓道部の頃の記憶が蘇ってきた。楽しい記憶もあれば、苦しさや悔しさの記憶もあるが、総じて私も、凜や波多野と同じように、弓道が好きであった。高校三年生の夏前に引退してからは、弓道場にも一切行っていないので、もうかれこれ二十四年間、弓道とは疎遠になってしまった。だが、もう一度弓を引いてみたい――そんな思いがここ数日、なかなか頭から離れなくなってしまった。読後の思わぬ「副作用」にとまどっているが、このような機会がなければ、この感情は生涯喚起されることはなかったかもしれない。作者の我孫子先生に感謝申し上げたい。

☆初出／すべて「ジャーロ」掲載
「甲矢と乙矢」 55号（2015 AUTUMN-WINTER）
「弓の道、矢の道」 57号（2016 SUMMER）
「弓と弓巻き」 59号（2017 SPRING）
「打ち起こし」 60号（2017 SUMMER）
「射詰」 61号（2017 AUTUMN）
「射即人生」 63号（2018 SPRING）
「弦音」 64号（2018 SUMMER）

二〇一八年十月 光文社刊

光文社文庫

凜《りん》の弦《つる》音《ね》

著者　我《あ》孫《び》子《こ》武《たけ》丸《まる》

2022年7月20日　初版1刷発行

発行者　鈴木広和
印刷　新藤慶昌堂
製本　ナショナル製本

発行所　株式会社 光文社
〒112-8011　東京都文京区音羽1-16-6
電話 (03)5395-8149　編集部
8116　書籍販売部
8125　業務部

ISBN978-4-334-79386-9　Printed in Japan

組版　萩原印刷